이건해

작가, 번역가. 블로그 글쓰기 1세대로 수필, 영화 리뷰,
보드게임 리뷰, 매거진 칼럼 등을 썼고 여행기와 보드게임을
자가출판함으로써 '없는 건 내가 만들면 된다'는 신조를
공고히 했다. 2017년 하드보일드 미스터리 소설《심야마장:
레드 다이아몬드 살인사건》으로 데뷔한 뒤, 일본 문학과
게임을 번역하면서 다양한 글을 쓰다 2021년 황금가지의
신체강탈자문학 공모전에서 SF 호러 미스터리 단편 소설
〈자애의 빛〉으로 우수상을 받았다. 2022년부터
한국과학소설작가연대 회원작가로 활동하는 한편, 스마트폰
등장 이전의 전자기기에 대한 수필을 모은 앤솔러지
《한때 우리의 전부였던》에 참여했다. 지금도 낡은 물건들에
둘러싸인 채, 아주 오래된 습관처럼 일기와 수필 쓰기를 계속한다.
brunch.co.kr/@memocaptain

◇

이 책은 제10회 브런치북 출판 프로젝트에서
특별상을 수상한 원작 〈쓸모는 없지만 버리기도 아까운〉을
바탕으로 만들어졌습니다.

아끼는 날들의 기쁨과 슬픔

다정한 그리움의 작가 이건해

《아끼는 날들의 기쁨과 슬픔》은 물건을 통한 관계맺기의
기록이다. 이건해의 에세이 속에서 전자제품을 포함한
현대의 생활용품들은 저자 자신의 과거와 현재를 증명하고
정리하고, 낯선 이들 혹은 친숙한 사람들과의 관계맺기를
표상한다. 그래서 이건해의 에세이는 다정하다. 물건을
아끼고 고쳐 쓰고 소중히 다루는 이유는 저자가 단언하듯이
돈이 부족하기 때문만이 아니다. 이건해는 자신을 둘러싼
세상과 그 세상 속의 모든 존재를 기본적으로 소중하게
대한다. 오래된 관계를 아끼고 사랑하고 처음 보는 낡은
물건 안에서도 가치를 발견하거나 혹은 발견하려 애쓴다.
그 '애씀'과 '아낌'이 귀하다. 거기에 공감해서 나도 내가
아끼는 물건들, 아꼈던 물건들, 소중한 관계들을 다시
돌아보게 된다. 이 책을 읽고 나도 시계 배터리 가는 법을
배우고 싶어졌지만…… 아끼는 시계를 망가뜨리지 않기
위해 참으려 한다.

정보라, 《저주토끼》 작가 / 한국과학소설작가연대 대표

인생은 어떤 글에 있는가? 쏟아지는 소설과 수기를 보다 보면 다들 충격적이고 거창한 이야기를 하기 위한 경쟁을 한다는 생각이 들 때가 있다. 그런 이야기가 너무 많아지다 보면 오히려 비슷비슷해지고 지루해질 때도 있다. 엄청난 사건, 금기라고 생각한 소재를 들이미는 것. 비슷비슷하게 엄청난 사건이 터지고 비슷비슷한 방식으로 금기를 깨려고 하니까. 나는 진짜 삶은 그런 곳에 있지 않다고 생각한다. 오히려 하루하루의 평범한 시간 속에 삶의 진짜 모습이 드러난다. 낡은 물건을 보며 언제 새것을 살지 고민하고, 중고 물품을 사면서 얼마나 돈을 절약할 수 있을지 궁리하는 이야기 속에 현대인의 생활과 고민이 드러나고 한국인의 장점과 단점이 돋보인다. 이 책은 바로 그런 이야기를 하는 책이다. 누구나 공감할 수 있는 삶의 가장 평범한 순간순간, 물건을 구하고 사용하고 버리는 이야기가 평화롭게 가라앉은 필치를 따라 부드럽게 가지각색으로 흘러간다. 읽다 보면 편안한 감상 속에서 잠시 쉬는 느낌이 들기도 하는데, 그러면서도 어떤 진지한 조사 보고서 못지않게 2023년 현재 삶의 모습을 잘 드러내 지적한다. 그리고 그 느낌과 지적 속에서 자연스레 현대의 삶 속에 필요한 여러 고민과 질문을 밝히는 이야기다. 인생이 어느 정도 잘 들어 있는 글이다.

곽재식, 《우주 대전의 끝》 작가 / 공학박사

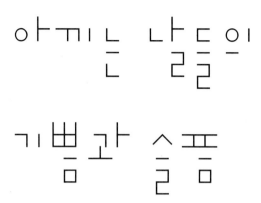

아끼는 날들의 기쁨과 슬픔

이건해

줍고 고치고
사고팔며
가끔 나누는
SF 작가의 신기한
중고생활

* HB PRESS *

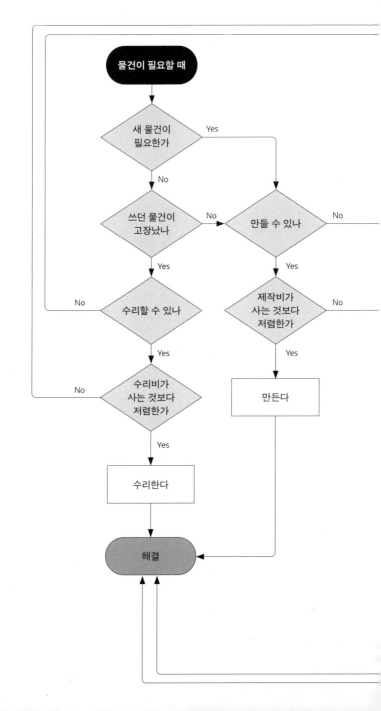

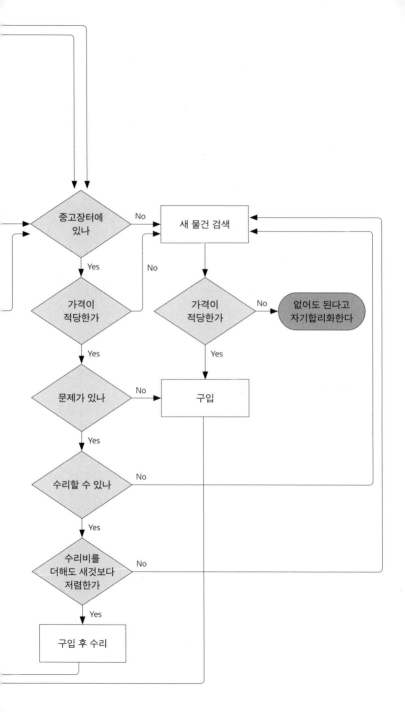

◎   남겨진 물건에는 복이 있나니

매일 오후 다섯 시면 산책을 나간다. 소속도 작업실도 없이 과도하게 자유로운 프리랜서인지라 움직이고 걷는 시간을 따로 정해 놓고 지키지 않으면 몸이 무뎌지고 건강을 잃는 줄도 모른 채 상실하게 된다는 사실을 요 몇 년 사이에 실감하고 있기 때문이다.

그런데 어제는 수요일이라 뒷산에 오르기 전에 다른 루틴을 처리해야 했다. 루틴이라곤 해도 거창한 건 아니고, 재활용품을 분류해서 버리는 작업이다. 나는 대량의 종이 상자와 비닐, 갖가지 플라스틱 껍데기들을 버리고, 추가로 노트북 한 대와 블루투스 스피커 한 개도 버렸다.

노트북은 한때 전자제품계의 황제였던 소니의

구형 모델로, 상판 디자인으로 유일하게 애플의 맥북과 맞서 볼 만한 제품이었다. 작년 여름에 누가 버려 놓은 것을 발견해서 점검한 뒤 램과 SSD를 추가해서 관공서 업무 등, 윈도 환경을 더럽히는 일을 처리할 용도로 세팅을 마쳤는데, 실제로 그렇게 쓴 적은 많지 않다. 요즘은 모바일로도 그런 업무 처리가 잘되는 편이기 때문이다.

작년 겨울에 그보다 훨씬 나은 노트북 두 대를 또 발견해서 회생시켰기에 소니 노트북이 남아 있을 이유는 없게 되었다. 아무리 디자인이 매력적이어도 놓을 자리가 마땅치 않고, 나중에 무슨 생활사 전시를 할 것도 아니니까 처분하는 수밖에 없었다.

그래서 이 녀석을 말끔히 닦고 정비해서 중고장터에 올렸는데, 나온 지 12년은 된 모델인지라 아무도 사려는 사람이 없었다. 찜해 놓은 사람 모두 먹잇감이 쓰러지길 기다리는 하이에나처럼 바라보기만 할 뿐 사겠다고 하지 않았다. 그중 딱 한 명이 문의하긴 했지만, 내가 명상과 낮잠 사이의 모호한 차원을 유영하느라 답하지 못한 사이에 다른 물건을 구했으니 많이 파시라는 메시지를 남겨 놓았다. 이후로 값을 내리고 또 내려 정비에 든 비용에 달하도록 사려는 이가 없었다. 그래서 있던 자리에 돌려놓게 된 것이다. 무슨 수를 내면 더 유용하게 쓸 방법이 있지 않을까 싶어 아쉬웠지만, 배터리가 완전히 죽어서 켤 때마다 시계를 수동으로 맞춰 줘야 하는 구형 노트북을 그저 예쁘다고 쓸 사람이 있진 않을 것 같다.

이 노트북과 함께 버린 블루투스 스피커는 언제 어디서 어떻게 흘러들어온 것인지 잘 기억도 나지 않는 사은품이었다. 몇 번 써 보니 음질도 나쁘지 않고 모양도 괜찮았다. 그러나 서너 번 쓴 이후로는 처박아 두게 되었는데, 스마트폰을 들고 방에서 나갔다 올 때마다 다시 연결해야 하는 게 여간 귀찮지 않았기 때문이다. 게다가 연결할 때마다 우렁차게 연결이 되었다는 음성 안내를 하는 통에, 음악 감상이라는 고요의 정원으로 들어갈 때마다 돌쇠가 안내해 주는 듯한 느낌이 들었다. 이런 물건은 팔기도 남 주기도 뭣하다. 그래서 오래도록 내버려 두었는데, 시간이 지날수록 모바일 기기의 스피커가 좋아지고 있으니 하루하루 가치가 떨어지는 형국이었다. 결국은 잡동사니를 정리하는 김에 내다버렸다. 단, 정상이라는 메모를 남겨서.

예전에 아파트 우편함 옆의 자전거 보관소에서 '필요하신 분 가져가세요'라고 적힌 자전거를 보고 곧장 '필요하신 분'이 된 적이 있다. 그 자전거는 제법 괜찮은 범용형 초중급 모델로, 내가 선호하는 방아쇠식

변속기가 달려 있었다. 그러잖아도 도서관에 다닐 때 '신문사 사은품 자전거'라 불리는, 무겁기 짝이 없는 자전거를 타기가 편치 않았으므로 나는 감사히 행운을 받아들이게 되었다. 자전거를 아무렇게나 내다버리기 전에 누군가에게 행운의 선물로 전해질 유예 기간을 부여한 우리 동 주민에게 감사드리며, 내가 내놓은 블루투스 스피커 역시 누군가에게 소박한 행운이 될 수 있기를 바랐다.

재활용품을 모두 버린 뒤에는 다른 날과 마찬가지로 뒷산을 도는데, 어제는 또 평소와 다른 일이 생겼다. 낮에 잠깐 뒤져 본 중고장터 앱에서 마음에 드는 모니터를 발견하고 문의를 넣었더니 뒤늦게 답장이 온 것이다. 나는 산책로를 걸으며 시시각각 곱아드는 손으로 메시지를 보내서 모니터에 이상이 없음을 확인하고 8시 30분에 인근에서 직거래하기로 약속을 잡았다. 요 근래에는 물건을 팔아치우기만 했는데, 오랜만에 물건을 사게 되어 설레기도 하고, 오가는 데에만 한 시간은 걸릴 텐데 왜 더 편하게 살지 못할까 싶어 회의감이 들기도 했다. 당연하다는 듯 차로 오시냐는 판매자의 질문에 산책 삼아 걸어가겠다고 답한 게 민망스럽기도 했다.

집에 돌아와 씻고 저녁 식사를 한 뒤에 원고를 보는 둥 마는 둥 하다 여덟 시에 곧장 롱패딩을 입고 커다란 쇼핑백을 챙겨 집을 나섰다. 우리집에서 세 블록쯤 떨어진 약속 장소는 피규어를 사느라 한번 가 본 곳이었다. 그때도 시간이 아까워서 뭐 사러 여기까지 오진 말자고 다짐했었는데, 도통 삶에 발전이 없었다. 전에 가 본 길인데도 좀 헤맸다는 점에서 더욱 그랬다.

막상 도착하고 나니 시간이 15분은 남았다. 나는 깜깜한 골목 사이사이에서 불을 밝히고 있는 가게들을 둘러보다가, 한강이 꽤 가깝다는 사실을 떠올리고 몇 분을 더 걸었다. 길은 한강으로부터 몇 백 미터 앞에서 끊겼다. 원래는 나들목이 있는데 공사로 막힌 탓이다. 나는 아주 먼 발치에서 새카만 한강과, 한강을 둘러싼 빛무리들을 바라보고 사진을 두어 장 찍었다. 산책하는 아주머니들이 내 옆을 지나갔다. 나는 마침 경성을 배경으로 한 탐정 소설을 오디오북으로 듣고 있었는데, 탐정이 흔히 정해진 법도처럼 자조적으로 뇌까리는 농담들 때문인지 어째 좀 한심스러운 기분이 들었다. 보지 못했다면 굳이 욕심을 내지도 않았을 모니터다. 평범한 일상에서 벗어나 모험을 할 만한 가치가 있었던 걸까?

그러나 무슨 감상에 젖든 말든 약속 시간이 닥치

니, 곧장 모 중학교 앞으로 되돌아가야 했다. 날이 추워서 성냥팔이 소녀처럼 떨다가 바로 옆에 있는 무인 과자점에 들어가 과자를 하나 샀다. 평소라면 좀 망설였겠지만 이번엔 거침이 없었다. 10만 원이 나갈 판인데 1,300원 좀 더 쓴다고 무슨 차이가 있겠는가?

메시지를 보내자 판매자는 금방 나왔다. 모니터 가운데에 뽁뾱이와 테이프를 감아서 손잡이를 만든 모양이 아주 믿음직스럽진 않았지만, 누구나 29인치 모니터가 들어갈 만한 쇼핑백을 구비해 놓고 살진 않으니 어쩔 수 없었다. 나는 그 선량해 보이는 판매자, 정확히는 판매자의 남편의 도움을 받아 모니터를 내가 챙겨간 뽁뾱이로 감아서 쇼핑백에 넣고, 10만 원을 송금하고 집으로 돌아왔다. 20분 정도가 걸렸다. 5킬로그램이나 나가는 거대한 취급주의 물품을 한 팔로 들고 오기가 쉽지 않았다. 10분쯤 걸은 뒤에는 아예 모니터를 품에 안듯이 두 손으로 들어야 했다. 방에 돌아오니 얼굴에 땀이 줄줄 흘렀다. 성냥팔이 소녀가 성냥이 아니라 모니터를 팔았으면 얼어죽진 않았겠구나 싶었다.

아무튼 땀이 난 김에 책상의 모니터 암에 설치된 모니터를 조심스럽게 뽑아내고 새로 산 모니터를 설치했다. 맥북을 연결해서 켜 보니 아무 이상도 없었다.

나는 가슴을 쓸어내렸다. 여기서 무슨 문제가 발생하면 아주 골치 아파질 텐데 천만다행이었다. 나는 씻고 원고를 보고 책을 좀 읽은 뒤에 새 모니터 화면에 영화를 띄워 보았다. 영상이 와이드 화면에 꽉 차는 모습이 전과 다른 만족감을 선사했다. 번거롭고 귀찮고 피곤한 과정이 모두 보상받은 기분이었다. 아마 내 마음 속에서 그런 과정에 더 큰 가치를 부여하는 합리화가 일어났기 때문이리라.

누군가에게 버림받은 물건이나 버려질 때가 된 물건을 쓴다는 행위는 대개 이런 식이다. 같은 시간에 더 생산적인 일을 하고 새것을 사서 문제를 돈으로 해결하는 편이 합리적일 때가 많다. 그런데도 누군가가 쓰던 물건을 다시 쓰는 행위를 반복하는 것은, 첫째가 돈이 불충분하기 때문이고, 둘째가 사람이란 할 수 있는 일을 함으로써 자신의 가치를 발견하는 존재이며, 동시에 남이 발견하지 못한 가치를 알아보았을 때 쉽사리 포기하지 못하는 안타까운 존재이기 때문이리라. 나는 사람마다 정도의 차이가 있고 발현되는 경우가 다르지만 모두가 이런 특성을 갖고 있어서, 그때그때 남들이 이해하기 힘든 합리화를 하게 된다고 생각한다.

어제 하루 동안 내가 한 일들과 합리화의 사고과

정 역시 마찬가지다. 대체로 어리석고, 따져 보면 불합리하다. 이 뒤로 엮인 이야기들도 비슷할 것이다. 그러나 합리화가 삶의 한 부분을 지탱하기도 하듯, 이렇게 바보 같은 이야기도 독자에게 '저러진 말아야지'라는 교훈부터 '나는 약과구나'라는 위로까지 줄 수 있으리라 생각해서 오랜 기간 이런 이야기들을 썼다. 그중에서 팬데믹 3년에 걸친 이야기들이 우여곡절 끝에 책으로 엮여 나오게 되었으니 나도 생각하기에 따라선 인터넷의 거리 한구석에서 주워진 셈이다.

　일본 속담에 '남겨진 물건에는 복이 있다'는 말이 있다. 곱씹어 보면 꼭 사실은 아니더라도 믿으면 아름다운 말이다. 독자분들이 보기에 이 이야기들에도 아름다움이 있기를 바란다.

　　　　　　　　　　　　　2023년 겨울의 끝에

차례

오직 너 하나를 연구(年久)히 보전(保全)하니,

비록 무심한 물건이나 어찌 사랑스럽고

미혹(迷惑)지 아니하리요.

아깝고 불쌍하며, 또한 섭섭하도다.

—〈조침문弔針文〉에서, 조선 순조 때 유씨(兪氏) 부인

—————————▶

어떤 작업이든 눈에 드러난 부분은 아주 쉬워 보이더라도
그 이면에 어떤 밑준비가 필요할지 모른다는 것을 생각하면
남이 하는 일을 보고 '그까짓 거 나도 하겠다.' 같은 말은
쉽게 할 수 없게 된다. 이것이 바로 손목시계 배터리를 직접
교체하면서 내가 얻은 소소한 교훈이다.

1

접거나

혹은

고치거나

◇   시계 약 바꾸기와 재주에 관하여

아무리 품이 들어도 내가 해서 아낄 수 있는 돈이라면 아끼는 것을 미덕으로 삼는 집안에서 자라며 익힌 재주로 손목시계 약 바꾸기가 있다. 그런 소박한 재주를 과연 재주라고 해도 될지 모르겠다. 재주라면 보통 남들이 좀처럼 할 수 없는 특별한 능력을 가리키기 마련인데, 손목시계의 배터리를 바꾸는 것은 적절한 도구만 주어진다면 누구라도 대단한 요령 없이 할 수 있는 일이기 때문이다. 드라이버로 여느 가전제품의 나사를 돌리고 뚜껑을 열고 배터리를 바꾸는 작업과 근본적으로 다르지 않다. 손목시계 관리 공구 세트도 어디에 숨겨진 어둠의 공구상 같은 곳에서만 구할 수 있는 물건이 아니라, 대충 어느 쇼핑몰에서 검색해 봐도 즐비하게 나오게 되어 있다.

　손목시계 약 바꾸는 작업에서 '재주'라고 할 만한 부분을 찾자면 아마 실제 작업 외의 다른 부분이 될 것 같다. 예를 들자면 적당한 배터리를 알아내는 것. 당연한 얘기지만 손목시계에는 다양한 형태와 기능이 있고, 들어가는 배터리도 규격이 다양하다. 심지어 국가마다 회사마다 네이밍이 다르고, 배터리의 소재에 따라 코드명도 바뀐다. 천만다행으로 국제규격을 정리한 표를 찾기는 쉬운 편이라 이를 참조하면 되긴 하지만, 그 이전에 시계에 들어갈 배터리가 뭔지부터 알아내야 표를 보고 주문할 수 있다는 문제가 있다.

　사야 할 물건이 뭔지 알아야 주문할 수 있다는 것은 너무나 당연한 이치인데, 대체 왜 문제가 된다는 것일까? 처음으로 시계 배터리를 자가 교체하려고 마음먹었다고 상상해 보면 쉽게 알 수 있다. 공구와 배터리를 같이 주문하고 싶은데 살 배터리를 알아내려면 공구가 필요하기 때문이다. 구청에서 무슨 서류 두 가지를 떼어야 하는데 가서 보니까 서류 발급에 필요한 증명서 하나는 시청에 가서 떼어 와야 하는 격이라고 할까……. 사실 지불하는 것은 택배비와 기다리는 시간뿐이지만, 택배비가 아까워서 괜히 물건 하나 더 고르는 경우가 허다하고, 그렇게 주문하면 다음 날 받아 볼 수 있는 요즘 대도시 환경을 생각하면 상당히 문턱이 높은 셈이다.

참고로 나는 이 문턱을 우회해 보려고 시계 수입사에 배터리가 뭐냐고 문의해 봤는데, 예쁘기만 하고 이름은 없는 브랜드라 그런지 수입사도 아는 바가 없었다. 결국 이를 갈며 공구 따로 배터리 따로 주문해야 했다. 시계 뒷면에 적합한 배터리 모델명을 적어 주면 환경 보호에도 좀 도움이 되지 않을까?

배터리의 규격을 알아낸 다음 맞닥뜨리는 난관은 무수히 많은 배터리 중에서 하나를 골라 주문하는 것이다. 한낱 손목시계 배터리에 무슨 고민할 거리가 이렇게 많은가 짜증이 나서 제일 싼 배터리를 샀다

※ 리튬전지의 동일규격은 해당 스펙에 있습니다. (14~21번)
※ HKG: 홍콩표준규격 ※ IEC: 국제표준규격
※ A: 1.5볼트 알카라인 버튼셀
※ B: 1.55볼트 산화은전지 (시계용)

∥ 세로로 보면서 해당 AG 번호를 찾으세요.

AG3	AG4	AG5	AG6	AG7	AG8	AG9	AG10	AG11
LR41	LR66	LR48	x	LR57	LR55	x	LR54	LR58
LR736 192 L736 GP192 392A	LR626 377A 376A L626 177	LR754 LR750 393A 193 L754	LR920 LR921 171 371A 66A	LR927 195 GR927 395A CK927	LR1120 191 394A L1121 LR4230	LR936 194 394A 625 CK194	LR1130 189 389A L1131 V10GA	LR721 162 362A G11A CX58
SR41	SR66	SR48	SR69	SR57	SR55	SR45	SR54	SR58
SR41SW SR41W	SR626W SR626SW	SR754W	SR920W SR920SW	SR927SW SR92W	SR1120SW SR1120W	SR936SW SR936W	SR1130W SR1130SW	SR721W SR721SW
384, 392 D384, K D392	377 D377 376	393 D393 F	370, D370 Z 371, D371	395, D395 399, D399 W	381, D381 391, D391 L	394 D394 380	389, D389 390, D390 H, 189	361, D361 362, D362 S
V384 V392 280-18 280-13 GP384 GP...	SB-BW SB-AW 280-72 280-39	V393, 546 GP393	SB-BN SB-AN 280-51 GP370	SB-AP/BP 280-44 280-48 GP399 G...	V381/391 SB-AS/BS 280-27 280-30	V394 V380 524 SB-A4, 280-...	V389/390 554, 534 SB-BU/AU 280-15/24...	SB-BK SB-AK 280-53 280-29 V362

배터리 호환표. (일부)
왜 국제규격 놔두고 국가별 규격도 있죠?

면…… 뽑기를 돌린 것과 마찬가지다. 저렴한 배터리는 언제 수명이 다할지 알 수 없기 때문이다. AAA 규격 같은 배터리에 비해 버튼 전지는 작고 기본 수명이 짧아 일어나는 일이리라.

내가 이 사실을 확신하기까지는 반 년 가까이 걸렸다. 기껏 배터리를 바꿨는데 시계가 두어 달 만에 죽어 버려서 교체일을 기록해 보니, 저렴한 배터리는 배터리를 교체할 때마다 유지 주기가 감소하고 있었다. 보관 중인 배터리도 빠르게 죽어 가고 있었다는 뜻이다. 저렴한 것 중에도 준수한 배터리가 있긴 했지만, 신뢰할 수 없는 배터리를 넣은 시계를 쓰다가 수업에 지각하고 교수에게 '손목시계가 고장나서 늦었습니다.'라는 거짓말 같은 사유를 댄 적이 있는지라 가격과 신뢰도를 타협할 수는 없었다.

그리하여 이리저리 알아본 끝에 알아낸 해결책은 '수명'이 표기된 배터리를 쓰는 것이었다. 값은 좀 더 나가지만 배터리가 한두 달마다 떨어져서 매번 뚜껑을 따는 것보다는 훨씬 낫다. 나는 그런 배터리 중에서 레나타 제품을 구입해서 장기간에 걸쳐 시험했는데, 내 손목시계는 8개월가량 작동했고(계기가 많은 시계라 소비가 심하다), 표기된 기한이 지난 뒤에는 정말 거짓말처럼 손목시계의 작동 기간이 팍팍 줄었다.

표기된 기한 이상으로 유지가 잘 되는 것보다 오히려 더 신뢰할 수 있는 결과였다. 이 정도로 정확하다면 다른 회사 제품까지 비교해 볼 필요도 없는지라 지금까지 열 개 들이를 두 세트째 쓰고 있다. 신뢰할 수 있는 제품이란 이렇게 소중한 법이다.

시계의 배터리를 바꾸는 것은 지극히 간단한 일이지만, 이런 식으로 오랜 시간에 걸쳐 제품을 테스트하고 최선을 알아내는 과정의 수행은 분명 재주라고 해도 되지 않을까 싶다. 요컨대 어떤 일을 해내는 것보다 그 일을 수행하기까지의 시스템을 구축하는 게 어렵다는 뜻이다. 비슷한 예로 밀키트를 사다 끓여 먹는 것은 누구라도 할 수 있지만, 같은 요리를 직접 해 먹는 것은 차원이 다르게 어렵기 마련이다. 재료를 선택하고, 양을 조절하고, 발생한 쓰레기를 버리고, 남은 재료는 잘 보관했다가 어딘가에 써먹어야 한다. 이런 것은 누가 방법을 알려 준다고 곧장 익혀 따라할 수 있는 일이 아니고, 절실한 상황이 아니면 따라하려다 나가떨어지기 일쑤다.

　　이렇게 어떤 작업이든 눈에 드러난 부분은 아주 쉬워 보이더라도 그 이면에 어떤 밑준비가 필요할지 모른다는 것을 생각하면 남이 하는 일을 보고 '그까짓

거 나도 하겠다.' 같은 말은 쉽게 할 수 없게 된다. 이것이 바로 손목시계 배터리를 직접 교체하면서 내가 얻은 소소한 교훈이다. 대수롭지 않아 보이는 재주라도 그 뒤에는 오랜 시간과 노력이 쌓여 있을지도 모른다는 것. 내 일만 힘들고 남의 일은 시답잖아 보이기 쉬운 요즘 특히 생각해 볼 만한 지점이다.

그래서 주변 사람들에게도 손목시계 약을 직접 바꿔 보라고 하고 싶은데, 요즘은 다들 스마트폰 시계나 스마트워치만 써서 도통 권할 수가 없다. 손목시계 약 바꾸기처럼 남녀노소 가리지 않고 누구나 시도할 만큼 적당한 난이도로 물건 손보는 재미를 느낄 만한 일이 없는데, 아쉬운 일이다. 어느 유명 아이돌이 손목시계 약 바꾸는 게 취미라고 해 주면 좋을 것 같은데, 그런 기적을 기대하면 안 되겠지?

◇ 필요한 사람에게
선풍기 보내기의 어려움

우리 아파트는 그럭저럭 쓸 만한 물건이 자주 버려지는 편이다. 재활용품을 버리는 날이면 책장이나 매트 같은 생활용품부터 선풍기나 청소기 같은 가전제품까지 다양한 물건이 도처에 등장하는데, 옛날부터 물건 수리하는 게 취미였던 아버지는 이런 물건들 중 괜찮아 보이는 것은 가져다 뜯어보고 고칠 수 있는 것은 고치고 있다. 전기공학에 아무 조예도 없는 나야 잘 알 수 없는 일이지만, 아버지 말로는 간단한 고장이 많다고 한다. 선풍기로 예를 들자면 회전이 안 되거나 버튼 하나가 안 되는 식의 고장이다.

이런 물건들이 쉽게 버려지는 데에는 현대인의 나태와 물질문명의 부패⋯⋯보다는 수리는 어렵고 번

거로우며, 사는 것은 쉽고 간단하다는 문제가 결정적
으로 작용할 것이다. 은퇴한 사람이나 집에서 일하는
사람, 또는 일이 없는 사람 처지에선 불합리하게 느껴
질 수 있지만, 평일 내내 일하고 주말에나 겨우 숨을 돌
리는 사람이 선풍기 하나 고장났다고 그걸 들고 AS센
터까지 찾아가거나, 대형 박스에 잘 포장하여 발송하
기는 쉽지 않을 것이다. 그에 비해 새 선풍기를 사는 건
집 안에서 손가락만 움직이면 3만 원대에도 해결할 수
있으니, 수리비와 그에 걸리는 시간을 따져 보면 역시
새로 사는 게 압도적으로 합리적이다. 예전에는 '전파
사'라고 해서 간단한 가전제품은 뭐든 수리해 주는 가
게가 동네마다 있어 마음 편히 이용할 수 있었는데, 요
즘은 그렇지도 않고.

  불과 10년 전쯤에도 전파사를 잘 이용한 기억이
있다. 동아리방에 있던 선풍기의 날개가 깨져서 딱 맞
는 것을 빠르게 구해야 했을 때다. 근처의 전파사에 가
니 가게를 보고 있던 아주머니 한 분이 곧바로 딱 맞는
날개를 찾아주었는데, 이때 날개의 규격을 맞추는 기
술이 인상 깊었다. 구멍에 볼펜을 슥 찔러 보더니 들어
간 깊이로 호환품을 찾아낸 것이다. 다른 측정 장비 없
이 손에 잡히는 물건으로 작업을 수월하게 처리하는
그 기술을 보니 믿음직한 가게라는 생각이 들었다. 선

풍기 날개를 얼마나 다뤄 봐야 그런 요령이 생기는 것일까?

　아무튼 세상에 재주 좋고 똑똑한 사람도 많고 고장나는 물건도 많으니까 동네마다 세금으로 돌아가는 전파사가 하나쯤은 있어도 좋지 않을까 싶다. 아무래도 AS가 불편한 저가형 제품을 쓰는 계층이 이용할 확률이 높고, 환경 보호에도 도움이 될 테니 이건 세금으로 할 만한 일이 아닐까?

아버지가 주워서 수리해 놓은 선풍기를 집 안 곳곳에서 끌어모아 보니 예닐곱 대는 되어 슬슬 보관의 한계에 봉착했음을 알게 되었다. 그리하여 일단 한 대를 중고장터에서 팔아 봤는데, 하나 팔고 영 할 만한 짓이 아님을 깨달았다. 일단 저렴한 선풍기는 신품도 3만 원대다. 따라서 2만 원대에 팔면 적당할 듯싶으나 멀쩡히 잘 쓰던 물건은 또 아닌지라 값을 더 낮춘 만 원 언저리에 팔 수밖에 없고, 이렇게 되니 거래 자체가 이득이라고 할 수 없는 지경이었다. 중고 거래라고 별 노동도 없이 공돈이 막 생기는 게 아니다. 구매자가 문의하면 다른 일을 하다가도 답변해야 하고, 약속도 잡아야 하며, 물건을 들고 나가서 기다렸다가 건네주기도 해야 한다. 한 번쯤은 대수롭지 않은 일이지만, 선풍기처

럼 무겁고 운반이 어려운 물건을 한여름에 갖고 나가
는 짓을 몇 번이나 한다고 생각하면 아무래도 입맛이
달아나게 된다.

　그리하여 집에서 쓸 것을 제외하고 세 대를 한꺼
번에 기증할 방법을 알아보게 되었는데, 기증도 그냥
마음먹었다고 짠! 하고 단숨에 깔끔히 처리되는 일은
아니었다. 가져갈 사람을 부르면 그 나름의 비용이 발
생하며, 택배로 보내는 것도 상당히 비효율적인 작업
이다. 선풍기라는 물건이 소형가전이라기에는 부피가
작지 않을 뿐더러 막 다루면 부서지기에 포장도 신경
써야 하기 때문이다.

　결국 내가 직접 갖다줄 수 있는 거리의 공공기관
인 주민센터(동사무소)를 알아보기 시작했다. 그런데
이것도 좀 이상했다. 사용하지 않는 가전제품을 받아
서 점검하고 필요한 사람에게 주는 건 분명 주민 복지
차원에서 함직한 일인데, 그런 행정 절차를 도무지 찾
을 수 없었던 것이다. 검색해 보면 누가 선풍기를 여러
대 기증했다는 동네 인터넷 기사는 있으나, '가전제품
기증? 저에게 맡겨 주세요!' 같은 홈페이지 메뉴 따위
는 존재하지 않았다.

　하기야 그런 창구를 상설해 놓는 것이 행정에 반
드시 도움이 되리라는 법은 없을지도 모른다. '회전은

안 되는데 날개가 돌긴 하니까 기증이나 하지 뭐!' 하고 반쯤 폐기하듯이 떠넘기는 사람이 늘어날 수도 있고, 이것들을 검수하자면 새 물건을 마련하는 것 이상의 비용이 지출될 수도 있을 것이다. 아무래도 불합리하다는 생각이 들긴 하지만 어쩔 수 없다.

그리하여 이번에는 주민센터에 무작정 전화를 걸어 봤다. '담당자 연결'이 잘 되지 않아 전화를 다시 걸어야 했지만, 어쨌든 뭔가의 담당자와 통화할 수 있었다. 결론부터 말하자면 기증은 불가능했다. 새것이라면 가능한데, 중고는 그렇게 할 수 없다는 것이다. 절차적인 이유가 있으리라. 담당자는 직접 처리하시는 수밖에 없다며, 안타까워하는 목소리로 만약 폐기하시는 거라면 따로 모아놓고 있으니 연락을 달라고 했다. 의도야 어찌되었든 딱히 처분할 방법이 없으면 버리라는 식으로 들렸다.

내게 남는 자원을 절실히 필요로 하는 사람에게 주고 싶은데 나로서는 누가 절실한지 알 길이 없다. 그래서 공공기관의 도움을 받으려는 것인데, 다시 파는 수밖에 없나? 한참 고민하던 나는 밑져야 본전으로 옆동네 주민센터에 전화를 걸어 보았다. 이번에는 반응이 달랐다.

"그래 주시면 너무 감사하죠!"

그야말로 가뭄에 단비라도 맞이하는 듯한 어조였다. 그러지 않아도 기초수급자들 중에서 필요로 하는 사람이 있다는 것이다. 얘기를 듣자니 센터 직원이 수거하러 올 수도 있는 듯싶었으나, 행정력을 소모시키는 것도 미안한 마음에 직접 가져가기로 했다. 의미 있는 일에 시간을 마음대로 끌어다 쓰는 것은 일 없는 프리랜서의 특권이다. 그리하여 점심을 먹고 손수레로 선풍기 세 대를 날랐다. 바닥에 캠핑용 테이블 상판을 깔고 테이프와 줄로 이리저리 감았는데도 진동에 따라 자꾸 흘러내려 더위 속에 악전고투를 해야 했지만, 잘 쓰겠다는 담당자에게 전달하고 나니 그럴 만한 가치가 있는 일을 했구나 싶었다.

그런 한편으로 이번 일을 둘러싼 부조리들을 생각하면 마음이 묘하게 씁쓸해졌다. 어렵지 않게 고칠 수 있는 물건을 버리고 새로 사는 게 편해서 그렇게 하게 되는 상황도 있고, 가전제품을 기증하겠다 해도 이를 적재적소로 보낼 수 없어 버릴 방법을 알려 주는 상황도 있는데, 그로부터 20분 거리에는 당장 필요한 사람에게 보낼 물건이 모자란 상황이 펼쳐진 것이다. 누가 악의를 갖고 행동한 게 아닌데도 이 모양이다. 일본에서 도쿄올림픽 때 준비했던 도시락을 내다버리는 와중에 자원봉사자들은 도시락이 적으니 그거라도 달라고 요청하는 촌극을 보며 어이없어 했는데, 이런 일은 의외로 도처에서 일어나고 있다.

요컨대 절차와 제도의 개선 없이 개인의 선의로 자원을 적절히 분배하고 환경을 지키는 건 절대 불가능하다는 뜻이다. 그렇다고 개인의 노력을 다 헛된 짓이라고 폄하하면 안 되겠지만, 개인의 선의와 노력이 제도를 타고 효율적으로 작용하는 모습을 봐야 뭘 할맛이 좀 나지 않겠는가?

◇   쓸모는 없지만 버리기도 아까운

아파트 단지에 살면서 뜻밖에 데스크톱이든 노트북이
든 컴퓨터를 싹 몰아서 내다버리는 경우를 적잖이 본
다. 이것들을 잘 보면 버려진 컴퓨터라고 해도 전혀 쓸
수 없는 상태는 아닐 때가 많아 놀란다. 분명 정밀한 기
기인데도 돌이킬 수 없을 정도로 고장나는 경우가 많
지는 않은 듯하다. 냅다 던지거나 물을 쏟지 않고, 먼
지도 잘 털고 정리도 해 주면 꽤 오랫동안 정상적으로
작동하게 되어 있는 것이다.

집에 낡은 컴퓨터가 입고되면 이것이 정상적으
로 작동되는지 점검하는 것은 고스란히 내 몫이 된다.
핵전쟁으로 문명 대부분이 파괴된 세계에서 '헤헤, 이
건 쓸 만할지도 모르겠는걸.' 하고 잡동사니를 주워 모

아 수리하는 상점을 운영하는 것과 비슷한 모양새다.

하지만 이런 식으로 주워 온 컴퓨터가 유용하게 쓰인 적은 한 번도 없었다. 사실 냉정하게 생각해 보면 당연한 일이다. 아직도 쓸 만한 컴퓨터라면 당연히 버릴 리가 없고, 그리고 낡은 컴퓨터라도 잘 관리해서 오래도록 쓰는 사람이라면 그런 식으로 무방비하게 완제품으로 냅다 갖다 버리지 않을 것이다. 그러니까 버려진 컴퓨터를 주워다 수리해 보는 사람은 컴퓨터에 생긴 사소한 문제를 해결하지 못한 누군가가 그걸 중고로 처분하기도 귀찮아서 갖다 버린 경우만을 바라는 셈이다.

물론 이것은 도둑놈의 심보라, 정말 멀쩡한 컴퓨터가 버려진 경우는 없었다. 물건이 함부로 버려지지 않는 사회는 시민의식이 높거나 절약하는 사회일 테니 기뻐해야 할지도 모르겠다. 그러나 개인적으로는 반길 수만은 없는 것이, 그 결과 내가 하는 짓이 버려진 컴퓨터를 주워다 잘 닦고 부팅이 될 때까지 손을 본 다음, 다시 내다 버리는 짓이 될 확률이 지극히 높기 때문이다. 컴퓨터를 직접 조립하거나 초기화 따위를 해 본 사람은 짐작할 수 있듯, '주워 온 컴퓨터를 부팅이 될 때까지 손본다'는 것은 문장으로 쓰면 지극히 간단하지만 여간 번거로운 짓이 아니다. 이상이 있는 부품을 찾아내서 정상 부품으로 갈아끼우는 것은 물론이고, 심하면 포맷을 하고 윈도까지 새로 깔아 봐야 한다. 프랑켄슈타인 씨가 이 무덤 저 무덤을 파헤쳐 신선한 장기를 손에 넣은 다음 열심히 꿰매고 전기 충격을 가하는 것과 비슷한 짓이다. 심지어 십중팔구 멀쩡한 결과물이 나오지 않는 것까지 똑같다.

사실 나도 꽤 예전에는 관련 지식에 어두운 사람들이 대충 버리는 물건이 제법 될 테니 잘하면 부품을 조합해서 그럭저럭 쓸 만한 완성품을 만들어 낼 수도 있을 거라는 희망을 품고 있었다. 데스크탑을 사자니 돈 아깝고, 없으니까 은근히 아쉬운 상황이라 요행을 바라는 마음이 있었다. 하지만 몇 번 시행착오를 겪어 본 후 내가 얻은 결론은 '다들 버릴 만한 물건만 버린다'는 것이었다. 그리고 변변치 않은 물건들을 아무리 모아 봤자 대충 10만 원쯤 주고 산 중고보다 못할 게 틀림없다는 확신도 얻었다. 10년 전 CPU와 10년 전 램이 절묘한 시너지 효과를 내서 5년 전 물건 같은 성능을 낼 수는 없는 것이다. 컴퓨터란 아귀만 맞으면 그럭저럭 탈 만하게 되어 있는 자전거가 아니니까.

하지만 그런 결론을 얻은 뒤에도 넷북을 손볼 일이 생기고 말았다. 외관으로는 하등의 이상 없이 완전히 멀쩡하게 생긴 넷북이었으므로 또다시 은근한 기대감이 생겼다. 넷북은 부품을 갈아끼울 수도 없으니 성공 아니면 실패로 순식간에 결론이 날 거라고 생각했다. 하지만 그건 오산이었다. 상상 이상으로 내부가 엉망진창이었던 것이다. 무선 인터넷이 안 되는 것은 물론이고 트랙패드 드라이버도 제대로 깔려 있지 않았고, 심지어 문서함에 쓰던 파일도 고스란히 있었다.

상태가 그렇게까지 엉망이니 원래 낼 수 있을 성능을 가늠할 수도 없었다. 잔뜩 녹슨 골동품 같은 상황이었다. 그러니 어쩌겠는가. 녹을 닦아내고 광을 내어 보는 수밖에. 그러나 그건 처음 생각한 것보다 훨씬 지독하고 고역스러운 작업이었다. 무선 인터넷이 제대로 되지 않아서 XP를 업데이트 해야 했는데 공식 사이트에서는 더이상 지원하지 않는다고 해서 여기저기를 뒤적인 끝에 간신히 업데이트 했고, 삼성에서 제공하는 자동 업데이트 프로그램도 정상적으로 작동하지 않아서 온갖 드라이버를 한참 뒤적인 끝에 겨우 필요한 것들을 설치했다. 하드도 정리하고 아무 쓸모없는 램 상주 프로그램들도 청소했다. 그리하여 넷북은 몇 시간 만에 겨우 진창에서 기어나와 원래 모습을 보여주게 되었다.

그러나 결론적으로 이것도 멀쩡한 기기는 아니었다. 아니, 멀쩡하긴 했지만 너무나도 철 지난 기기였다. 그 고생을 해서 살려 놨는데, 유튜브조차 제대로 띄우지 못했던 것이다. 이런 컴퓨터를 보면 늘 신기하다. 분명 한때는 깔끔하고 가벼우며 웹서핑과 문서 편집에 최적화된 기기라고 선전했을 물건인데, 세월이 좀 지났다고 이 정도로 못 쓸 물건이 될 수 있는 걸까? 10년 전의 웹사이트가 지금의 웹사이트보다 훨씬 가벼웠다는 말인가? 시대가 바뀌면서 기술이 발전하고 플래시도 퇴출되었으니 예전 기기로도 가뿐히 웹서핑을 즐길 수 있어야 하는 게 아닐까? 이런 질문에 누군가는 답을 갖고 있겠지만, 안타깝게도 그게 나는 아니다.

결국 이 넷북을 대단히 저렴한 가격에 팔기로 했는데, 매입 업체에서도 거절당한 것은 물론이고 일반 중고장터에서도 원하는 사람이 전혀 없었다. 요즘이야 스마트폰도 이보다 훨씬 나으니 당연하다면 당연한 일일지도 모르겠다. 이 물건의 가치는 동일한 무게의 지점토보다도 떨어진 게 아닌가 싶었다.

웃기는 것은 이 물건을 꼴도 보기 싫다고 내다 버리지도 못했다는 사실이었다. 인터넷을 뒤적여서 그나마 멀쩡한 물건으로 만들어 놓은 시간이 아까워서 도저히 냅다 버릴 수가 없었다. 한때는 멋진 디자인에 무게도 가벼워 썩 괜찮은 기기라는 평을 받았을지도 모를 물건이, 이제는 아무도 원치 않는 고물이 되어 처박혀 있다고 생각하면 괜한 감정이입이 되기도 했다. 누구나 한때 썩 괜찮은 평을 받다가도 시간이 지나면 아무짝에도 쓸모없는 취급을 받을 수 있는 법이구나 싶어 오싹하기도 하고, 그런 꼴을 당하지 않으려면 부단히 노력하고 살아야 하는데 나는 지금 남들 열심히 살아가는 시간을 낭비해서 쓰레기나 갖고 노는구나 싶어 씁쓸하기도 했다. 참으로 갖가지 방법으로 사람을 심란하게 만드는 구석이 있는 물건이었다.

며칠간 내 마음을 괴롭혔던 그 넷북은 지나가는 고물상에게 만 원인가에 매각됨으로써 결국 내 곁을 떠나갔다. 잘 돌아가게 만들어 팔든 주워 온 그대로 팔든 가격은 매한가지였겠으나 그만하면 잘 팔았다고 생각한다. 지금쯤은 해체되어 쓸 수 있는 금속만 새로운 생명을 얻지 않았을까? 요즘은 폐전자제품에서 귀금속이나 희토류 따위를 추출하는 기술이 많이 발달했다던데, 기왕이면 그렇게 깊이 품고 있던 귀한 가치를 다시 쓸 수 있게 되었으면 하는 바람이다.

◇ 새해와 맥북의 죽음 앞에 서서

어찌저찌 2012년쯤부터 맥북을 쓰기 시작한 뒤로 매킨토시에 눌러앉아 지금껏 벗어나지 못하고 있다. MS 윈도를 돌리는 일반 랩탑 대신에 맥북 에어를 쓰기 시작한 것은 순전히 개인출판으로 아이북스에 책을 내보자는 쓸데없는 꿈 때문이었는데, 출판사까지 등록하면서 법석을 떨고도 여지껏 1센트도 정산받지 못했으니 역시 좀 잘못된 선택이 아니었나 싶다.

애플 제품이 다 그렇듯이 익숙해지면 빠져나가기가 여간 어려운 게 아니라, 2017년쯤에는 맥북 에어 1세대로 더 버티긴 힘들겠다는 판단을 내리고도 또 맥북 에어를 골라 2012년 중순 모델로 갈아탔다. 그때가 정말 도망칠 기회였는데……. 아무튼 당시에는 '셀잇'

이라는 중고 매입/거래 앱이 괜찮았기에 그것으로 좋은 매물을 찾고 두 시간 걸려 정자역까지 가서 거래했다. 거래 상대는 적당히 멀끔하지만 지쳐 보이는 40대 남자로, 자신이 보기 드문 8기가 램 옵션의 맥북에 보호 필름도 깔끔하게 붙여 잘 썼다고 설명했다. 실제로 그가 가져온 물건은 매끈하고 아름다웠으며, 그의 말마따나 같은 사양 중에서 8기가 옵션은 대단히 찾기 어려웠다. 물건을 확인하고 앱을 통해서 42만 원을 송금한 게 곧바로 처리되지 않아서 돈을 한 번 더 입금해야 하나 말아야 하나 의논하던 차에 송금 처리가 되는 해프닝이 생겼던 게 여전히 생생하게 떠오른다.

그 이후로 이 2012년 모델은 나와 함께 몇 년간 다양한 도서관을 누비며 소설 작업, 번역 작업, 보드게임 제작 등등 온갖 작업에 혹사당했는데, 고질적인 용량 부족이 갑갑해서 작년에 전용 공구(애플은 두 종류의 별나사라는 야비한 방법을 채용했다)와 호환 젠더 같은 부품을 구해다 SSD를 500기가로 교체했다. 여름에는 배터리도 더는 버티기 힘들어 하기에 부품을 사다 직접 교체했고, 아무래도 발열이 스트리밍 속도 저하로 이어지는 것 같아 서멀구리스, 서멀패드 작업까지 열심히 했다. 모두 확실한 효과가 있는 조치들이었다.

그렇게 고생해서 돌본 덕인지 나의 맥북은 별 문제 없는 메인 기기로 줄곧 활약해 줬는데, 2021년 가을이 되자 종종 그래픽이 깨지며 재부팅되는 현상이 발생했다. 처음에는 정전기나 발열 문제인 줄 알고 청소만 다시 해 줬다. 하지만 12월이 되자 일주일에 한 번 이상 다운되기 시작했다. 이쯤되면 어떤 용도로도 신뢰할 수 없는 셈이다. 초조해진 나는 이 증상을 검색도 해 보고, 커뮤니티에 물어보기도 했다. 결론은 하나였다. 2012년 언저리의 모델에는 공정 문제가 있어서, 오래 사용하다 보면 열 때문에 납땜이 느슨해지고, 이로 인해 다운될 수 있다는 것이다. 다리미로 가열해서 수리하는 사람도 있긴 했으나 그건 너무 위험하기 짝이 없는 짓이고, 납땜된 CPU를 따로 수리할 순 없기에 메인보드를 아예 교체해야 하는데 가격은 28만 원쯤 한다고 했다.

아무리 정든 모델이라도 40만 원에 산 구형 기기를 28만 원에 수리할 순 없는 노릇이다. 나는 낙담하고 이 기회에 평범한 랩탑을 살까 고려하기 시작했는데, 그런 생각을 하자니 또 막막하기만 했다. 선택지가 너무 다양했다. 게임은 거의 안 하니까 고사양까진 필요 없는데, 그렇다고 너무 싼 걸 샀다가 스트리밍 배속 조절도 제대로 안 되면 어쩌나 싶기도 하고, 윈도 환경으로 갈아타면 내가 뭘 잃고 뭘 얻는지부터 감이 오지 않았다. 수 년간 하나씩 찾아내고 세팅해서 맞춘 프로그램이 한둘이 아닌데 이걸 다 잃는 것일까? 그걸 어느 정도까지 다시 구현할 수 있을까? 윈도를 아예 안 쓰고 사는 건 아니니까 금방 적응이야 하겠지만, 정말 그래도 괜찮은 것일까? 가장 많이 쓰는 일기 앱을 모바일 환경으로만 관리할 수 있나? 텍스트 작업에 쓰는 스크리브너도 윈도판은 어째 좀 안 좋아 보이던데 사서 쓰면서도 짜증이 나면 어쩌지?

그런 고민을 하는 동안에도 맥북은 일단 돌아가긴 했으므로 나는 틈틈이 백업을 해대며, 이 물건이 언제 죽을지 모른다는 사실을 실감했다. 만약 당장 맥북 하나 박살난다 해도 데이터가 다 날아가거나 맥 환경을 영영 다시 접할 수 없게 되는 것은 아니지만, 당장 기존 세팅을 구현하려면 오만가지 처참하고 귀찮은 작업을 다시 해야 한다. 생각만 해도 쓰러지고 싶을 지경이었다. 더 낡은 소니 노트북과 구형 맥북이 있으니 맥 환경 안의 가상머신으로 돌리던 윈도를 소니 노트북으로 옮기고 맥 데이터는 구형 맥북으로 옮기고……. 전문 지식도 없이 그런 짓을 하나하나 찾아가며 한다는 건 정신적으로 파탄나는 작업이 아닌가. 공인인증서 전쟁보다 몇 배는 가혹하고 끔찍한 작업량을 예상하자니 나는 도저히 움직일 수 없었고, 그러는 사이에도 맥북은 죽음을 향해 달리고 있었다.

맥북 문제를 빼더라도 나의 2021년 연말은 최악이었다. 올바른 방향으로 잘 살고 있다고 생각했는데 그 시스템이 처참하게 삐걱이는 소리가 들렸다. 돈도 일거리도 바닥을 보이기 시작했고, 열심히 쓴 소설들은 하나를 제외하곤 모두 공모전이라는 블랙홀로 빨려들어갔다. 시간이 기대와 다르게 움직였다. 이제 금방 날아오른다며 비행기에 연료를 넣었는데 시동을 걸려고 보니 탱크에 구멍이 난 듯한 기분이었다. 살아가는 시스템을 바꿔야 하나 생각해 보기도 했으나 그럴 엄두가 나지 않았다. 그건 맥북에서 윈도 랩탑으로 갈아타는 수준의 문제가 아니었다.

　지쳐서 12월부터 내내 오로지 쉬고 싶었다. 그러나 그럴 처지가 아니었다. 연말 모임에서는 필사적으로 훌륭하고 유쾌한 인간 시늉을 해야 했고, 새해 복 많이 받으라는 메신저 단체방에는 답을 하지 못했으며, 어제는 형의 결혼 전주곡인 가족 모임을 하루종일 하게 된 데다, 오늘 새벽 꿈에는 헤어진 이후로 어느 때보다 신나게 잘 살고 있는 전애인들이 나왔고, 오늘 오후에는 또 다른 친족 모임을 피해서 카페에 나와야 했다.

옆자리 사람들은 먹고사는 얘기나 연애 얘기를 하기도 하고 애한테 태블릿으로 뭔가를 보여주며 책을 읽기도 했는데, 옆에서 돈이 되지 않는 글을 두드리자니 곱게 죽는 것 말고는 새해 복이랄 게 없지 않나 하는 생각이 머릿속을 떠나지 않았다.

다시 맥북 얘기로 돌아가서, 맥을 떠나거나 떠나지 않기로 정하기 전에 정확한 수리비를 알아보기나 해야 했다. 내가 만날 것이 얼마짜리 지옥일지는 궁금했으니까. 한 번 가 보고 신뢰하게 된 사설 수리업체에 전화를 했다. 노련한 기사님은 상황을 듣고는 11만 원 정도 들 것이라고 답해 줬다. 11만 원. 그 머리 터지는 상황을 해결하고, 익숙한 데다 별 문제도 없는 시스템을 유지하면서, 애초부터 괜히 이쪽에 손을 대지 않았다면 좋았겠다는 후회와 자기 비하의 감정을 느끼지 않을 수 있다면 아주 저렴한 대가다. 이것도 새해 복이라면 복일지도 모르겠다.

여기서 무난하게 희망찬 방향으로 흐르자면, 삶에도 어딘가에는 해법이 있기 마련이니 겁먹기 전에 잘 알아보면 반드시 길이 열릴 것이라거나, 긍정적인 자세가 뭐 어떻다는 소리를 해야 할 것이다. 그러나 내가 이번에 느낀 것은 그렇게 건설적인 교훈이 아니라, '어떠한 삶의 체계는 유지의 합리성을 논하는 것조차 아주 어려워서 깨끗이 갈아치우기가 불가능하고, 결국 적당히 땜질하면서 정붙이고 사는 수밖에 없다는 것'이다. 삶의 체계가 이루는 방향성이 나답게 살려 하는 존엄성과 연계되어 있다면 더욱 그렇다. 맥을 쓰든 윈도를 쓰든 아무거나 적당히 잘 써서 생활하면 그만 아니냐고 생각할 수 있는 것처럼 삶의 방향이 존엄성과 연계되어 있다는 생각은 인지적 오류라고 지적한다면 그것도 분명 맞는 말이겠으나, 누군가는 내 몸에 꼭 맞는 고통을 찾아가야만 하는 삶을 살기도 한다.

아무튼 내 삶에도 내 삶을 유지할 저렴하고 말끔한 답이 거짓말처럼 찾아오면 더 바랄 게 없겠다. 최소한 그런 답을 기대하고 찾아다닐 만한 기력이라도 돌아오길 바란다. 덧붙여, 모두에게 막연한 행복보다는 자기다운 자신으로 존재하기 위한 답이 별빛처럼 찾아오길 바랍니다.

컴퓨터는 고쳐도 쓸 수 없는 게 아닐까, 하는
감을 잡기가 상당히 어려운 물건이다.

◇   내가 고칠 수 있으면 고쳐야지 뭐

16만 원을 주고 죽어 가는 맥북 에어 2012를 고쳤다. 전기공학이고 전자공학이고 쥐뿔도 모르는 나로서는 CPU가 기판에서 분리되는 증상을 어찌할 방도가 없었고, 그렇다고 컴퓨터를 새로 사기엔 돈도 돈이고 고르기도 어려워서 사설 수리를 했다. 그게 돈을 가장 아끼며 시스템을 유지하는 방법이었으니 고칠 수 있는 데에 감사해야 했다. 다만 익숙한 수리점의 설명이 오락가락했고 수리비도 전화로는 11만 원이던 것이 찾아가 보니 15만 원으로 뛰었기에 다른 수리점을 찾아가서 16만 원에 맡겨야 했다는 소소한 문제는 있었다. 어렵게 찾은 방법도 왕좌로 향하는 붉은 융단처럼 깨끗할 수는 없는 모양이었다.

장장 일주일에 걸쳐 수리가 끝나고 기기를 찾으러 가자, 약간 무서울 정도로 깐깐해 보이는 기사님은 워낙 낡은 기기라 수리 장비 찾기도 쉽지 않았다면서 "영원히 쓸 순 없습니다." 하고 고쳐진 맥북을 내밀었다. 덕분에 나는 감사한 한편으로 세월의 무상함에 고통받으며 집에 돌아왔는데, 천만다행으로 맥북 에어는 문제 없이 제 역할을 해 주었다.

그런데 아뿔싸, 그로부터 두 달 뒤에 형이 수리하고 쓰지 않은 지 좀 되었다면서 맥북 프로 2015를 주는 게 아닌가. 이럴 줄 알았다면 맥북 에어를 고치지 말고 형에게 물어나 볼 걸 그랬나 하는 생각이 당연하게도 머릿속을 스쳤지만, 잘 생각해 보니 쓸 컴퓨터가 따로 있다고 맥북 에어를 수리하지 않고 대충 처박거나 헐값에 처분하진 않았을 것 같다. 오랜 시간을 함께하는 동안 정이 들었거나 원혼이 스몄을 테니까 내가 안고 가는 수밖에 없으리라.

아무튼 번잡하고 성가신 과정을 거쳐서 맥북 에어의 영혼을 맥북 프로로 옮겼고, 이상이 없나 테스트도 마쳤고, 자리도 바꾸었다. 옷걸이로 만든 거치대가 무거워진 기기의 하중을 견디지 못해서 보강하는 과정이 있었지만, 전반적으로 순조로웠다. 맥북 프로의 뚜껑을 따 보기 전까진.

멀쩡한 맥북의 뚜껑은 뭐하러 뜯었냐고? CPU 온도가 여차하면 90도를 넘어가서 걱정이었기 때문이다. 뜯어서 먼지도 털고 서멀패드도 붙여야 했다. 그런데 나사를 풀자마자 하판이 밀려서 튕겨 나오는 기현상이 발생했다. 배터리가 부푼 것이다. 리튬 계통 배터리는 노후되면 부풀어오르는데, 이 상태를 방치하면 잘 알려져 있듯 폭발할 위험마저 있다. 뚜껑이 잘 안 닫히는 것은 말할 것도 없고.

그리하여 여기저기 검색해 보니 배터리 사설 수리는 12만 원에 달하는 돈이 들었다. 이번에도 웃어넘길 돈은 아니었다. 그래서 직접 교체하기로 작정하고 7만 원대에 배터리를 주문했다. 기대와 달리 중국쪽 문제로 배송이 지연되어 2주 이상 기다렸다. 그 사이에 뻥 터지진 않을까 겁이 나기도 했는데 다행히 그런 일은 일어나지 않았고, 나는 새 배터리팩을 받아서 옆에 놓은 뒤 맥북을 해체했다. 그런데 요즘 나오는 제품들의 고질적인 문제가 여기에도 있었다. 제품의 두께를 극단적으로 줄이느라 그런 것인지 배터리가 나사가 아닌 양면 테이프로 고정되어 있었던 것이다. 이런 경우 히트건이나 드라이어로 가열한 뒤에 플라스틱 주걱으로 떼어 내야 하는데, 드라이어를 갖고 오며 부산을 떨기가 귀찮아서 그냥 주걱부터 힘껏 들이댔다. 자신이 넘쳐 흘렀다.

테이프는 적당히 잘 떨어진 편이고, 가운데 배터리를 뜯기만 좀 어려운 편이었다. 그래도 성공했고, 새 배터리 이식도 성공했다. 스스로 '이 정도쯤이야.' 하고 웃으며 조립을 마쳤다. 그런데 전원을 켜 보니 키보드와 트랙패드가 먹히지 않았다. 앞이 깜깜했다.

검색해 보니 이 현상은 해당 모델의 고질병인 듯, 배터리를 교체했다가 비슷한 증상에 난감해진 사람이 적지 않았다. 나는 그들이 조언한 대로 메인보드와 트랙패드 보드를 연결하는 케이블을 닦고 다시 끼우고 난리를 쳤는데, 그 와중에 트랙패드 컨트롤 보드에서 어쩐지 '칙' 하는 소리가 났다. 잘 보니 칩 하나에서 작은 불꽃 같은 게 어른거리더니, '픽' 하고 연기가 한 줄기 피어오르는 게 아닌가!

그 순간 머릿속을 스쳐 지나가는 생각이 참 많았다. 주걱으로 잘못 건드려서 그런가? 배터리에 불이 나면 어쩌지? 소화기가 현관에 있었나? 없으면 맥북을 창밖에 던져야 하나? 손해배상이 더 커지지 않을까? 뉴스에 나오려나? 그럼 내친김에 유튜브라도 시작할까?

다행히 책상에서 한걸음 물러난 사이 아무 일도 일어나지 않았고, 나는 고민 끝에 트랙패드 쪽 케이블을 뽑은 뒤 맥북을 재조립하고 쇼핑몰에서 트랙패드 컨트롤 보드를 겨우 찾아내서 5만 원대에 주문했다. 케이블이 손상되었다면 추가로 주문해야 하는 상황이었지만 일단 명백히 칩 손상이 일어난 것을 봤으니 이쪽만 고쳐보기로 했다. 케이블만 해도 2만 원 이상이었다.

주문한 보드가 도착하자 이번에는 배터리를 다시 뜯어내고, 트랙패드까지 뽑아서 새 부품으로 교환한 뒤 재조립해야 했다. 가슴 졸이며 확인한 결과는 수리 성공. 결과적으로 맥북 프로를 멀쩡한 상태로 만드는 데에 총 13만 원가량이 들었다. 사설 수리점에서 배터리만 교체한 것보다 좀 더 든 것이다. 중간에 느낀 공포감과 절망감, 그리고 시간 낭비는 덤이고.

그러나 애초에 사설 수리점을 찾아갈 걸 그랬다고 후회하진 않는 것이, 나로서는 당연하게 여겨지는 최선의 선택을 했기 때문이다. 알아서 저렴하게 부품을 사서 잘 처리할 자신도 있었고, 경험도 있었다. 하면 될 거라는 확신을 갖고 있으니 하지 않을 수가 없었다. 결과적으로 이득이 되진 않았지만 경험 자체는 '전자기기 무서운 줄 알고 살살 다루자.'라는 교훈이 되기도 했다. 그렇게 보면 손해도 아닌 셈이다.

그나저나 이렇게 행동한 배경에는 '내 손으로 어

렵지 않게 고칠 수 있는 걸 남에게 맡기지 않는다.'라는 신조가 있었는데, 그런 신조가 확고히 존재한다면 살아가면서 후회할 일은 줄어드는 것 같다. 그런 신조 하에 취한 행동을 더 요령 좋게 잘했으면 좋았겠다는 생각이나 결과에 대한 안타까움은 있겠지만, 선택 자체에 대한 후회는 하지 않게 된다. 만화 《3월의 라이온》에는 이지메 당하는 친구를 감쌌다가 다음 타깃이되어 고통받는 여주인공이 오열하면서도 "절대 후회안 해, 그게 옳은 일이니까."라고 선언하는 장면이 있는데, 그 정도로 강렬하고 올곧은 것까진 아니어도 또렷한 신조나 행동강령, 혹은 알고리즘은 확실히 가질가치가 있다. 어쩌면 삶의 의미 자체가 잘 살기에 적절한 신조를 찾아서 쌓아 나가는 데에 있는지도 모르고.

◇　신발의 수명과 관리와
　　나의 죗값

형의 결혼식이 있었다. 요즘 결혼식은 단정하게만 입고 가면 크게 흠이 되지 않는 추세이긴 하지만, 아무리 그래도 가족의 결혼식에 캐주얼한 느낌으로 입고 갈 수는 없는 노릇이라 나도 도통 입을 일이 없는 정장을 갖춰 입었다. 그런데 집을 나서려는 차에 신은 구두의 밑창이 바닥에 쩍쩍 붙는가 싶더니, 상실의 아픔을 이기지 못한 영혼처럼 쪼개지고 말았다.

　　다른 때 같으면 어이쿠, 이런 낭패가? 하고 다른 신발을 찾아 신고 말겠지만, 당장 결혼식에 가서 일을 해야 하는 마당에 이런 일이 일어나니 정신이 혼미할 지경이었다. 구두 신을 일이 워낙 없기에 딱 맞는 구두도 그것 하나밖에 없기도 했고. 물론 로퍼나 운동화를 신는다고 누가 경우 없는 자식이라고 욕을 하지야 않겠으나 집안에 좀처럼 없는 경사니까 가급적 흠을 남기고 싶지 않은 게 가족들의 당연한 마음이다. 그러게 미리 신어 봤어야 할 게 아니냐고 욕을 좀 먹고 아버지 구두를 빌려 신었다. 아버지와 발 사이즈가 비슷해서 천만다행이었다.

소 잃은 뒤라도 외양간은 고쳐야 하니 이리저리 알아 봤다. 상당히 많은 신발의 밑창이 폴리우레탄으로 만들어지며, 폴리우레탄은 공기 중의 수분과 반응하여 분해되는 가수분해 현상을 일으키기 때문에 수명이 4~5년뿐일 수밖에 없다고 한다. 그렇다면 수명을 늘릴 방법은 없을까? 당연히 이것도 여기저기 검색해 봤으나 건진 게 별로 없다. 폴리에스터 계통의 폴리우레탄은 수분에 약하고 기름에 강하며 폴리에테르 계통의 폴리우레탄은 그 반대라서 제조사가 잘 만들면 훨씬 나을 수도 있는 모양이지만, 내가 신발을 만들 건 아니니까 딱히 쓸모없는 정보다.

　한정판 운동화를 수집하는 사람들도 밑창이 박살나는 현상에 대해 주의하라는 영상을 찍고 완전한 보관을 위해서 진공 밀봉을 추천하는 것을 보아하니 이미 사 놓은 폴리우레탄 밑창의 수명을 늘리는 방법은 존재하지 않는 모양이다. 그런 방법이 있었다면 몇 백만 원짜리 운동화를 모으는 분들이 이미 써먹고 있을 텐데, 오래 신을 신발이라면 밑창이 폴리우레탄이 아닌 것을 사는 게 제일인 듯하다. (다른 방법이 있다면 꼭 알려 주시길 바랍니다.)

그런 재난을 겪은 뒤로 신발장에 커다란 제습제를 넣었고, 집 안을 뒤져서 신을 수 있는 구두 한 켤레를 더 찾아냈다. 뒤적이면 구두가 나오기도 하는 집안이라는 게 불행인지 다행인지 모르겠는데, 아무튼 이것도 밑창이 폴리우레탄이라는 것은 매한가지라 각각의 구두를 2주일에 한 번씩 번갈아 가며 굳이 신어서 길을 들이기로 했다. 과학적인 근거는 찾지 못했지만 많은 사람이 경험적으로 구두를 오랫동안 방치하면 밑창이 상한다고 주장하기 때문이다. 꼭 밑창 때문이 아니더라도 가죽을 길들이는 데에는 분명 좋은 일이라, 오늘도 방에서 구두를 신고 제자리걸음을 한참 했다. 만보기 앱으로 돈도 벌고 구두도 길들이고 일석이조……라고 생각하면 긍정적인데, 솔직히 말해서 귀찮기 짝이 없다. 두어 달 이렇게 하고 끝이면 모를까, 구두가 끝장날 때까지 이래야 한다고 생각하면 앞이 캄캄하다. 폴리우레탄 구두 따위 영원히 사지 말아야지.

그나저나 이번 일을 계기로 내가 가진 신발을 대강 점검했는데, 슬리퍼 따위를 제외하면 열 켤레 정도 되는 것 같다. 싸게 팔길래, 약간 잘 입을 때 필요해서, 등산용으로, 주워 와서…… 등등 각자의 핑계가 있지만, 약간 많은 것 같다. 과소비나 환경 보호 때문에 많다는 것이 아니라, 관리하기가 성가셔서 하는 소리다.

일단 운동화는 종종 빨아야 한다. 요전에는 비에 젖은 러닝화의 냄새가 고약해져서 식초를 동원해서 빨고 깨끗이 말려야 했는데, 은근히 성가신 짓이었다. 그렇다고 가죽 신발은 대충 신어도 되냐면 그것도 아니라 먼지를 털고 구두약이나 가죽 크림을 발라야 하고, 누벅은 그게 불가능한 물건이라 누벅 전용 지우개를 써야 한다. 그리고 발이 영 불편한 신발은 전부 슈트리를 끼워서 헐겁게 만들고 있다. 이것만 해도 신발이 많으면 만만치 않은 작업들이다.

한편, 신발은 밑이 더 중요한 법. 이번에는 오랜만에 밑창도 점검했는데, 러닝화의 밑창 마모 속도가 아주 빨랐다. 예전에는 아끼는 신발 밑창이 너무 닳아서 전용 본드와 수선용 고무판을 사서 덧댄 적도 있지만, 품도 많이 들고 신발도 무거워지는 문제가 있어 이 방식은 포기했다. 대신에 예전에 시도했던 실리콘 본드를 곳곳에 발라 놓는 방법을 다시 해 봤다. 하루만 말

린 전과 달리 이번에는 이틀가량을 건조해서 시험했
는데, 약간 더 견고해진 듯싶다. 한 달은 가지 않을까?
추가로 시험 삼아 마모가 심한 부분에 골을 파서 붙인
'유리 미끄럼 방지 패드(PVC)'는 변형 없이 버텨 주고
있어서, 앞으로는 이것으로 보수해야겠다고 생각했다
가…… 딱딱한 감이 있어서 실리콘 그릇 덮개를 잘라
붙이고 골을 파 보았다. 착용감도 좋고 바닥을 박박 긁
지만 않는다면 떨어지지 않는다. 이만하면 합격이다.

이런 손질을 하자면 자기 물건을 잘 아끼고 꾸려 가는
실감이 있어서 좋긴 하다. 게다가 기능적이면서도 아
름답게 디자인된 신발을 잘 닦고 발에 맞게 길들이며
보수하는 작업에는 훌륭한 물건을 감상하는 순수한
기쁨도 있고, 신경 쓴 만큼 빛이나 편안함이 돌아온다
는 보람도 있다. '구두닦이'라는 전통적 이미지 때문에
신발 관리라는 영역을 낮잡아 보는 경향이 있는데, 진
지하게 해 보면 의외로 프로페셔널하고 심지어 아름
다운 일이다.

　　하지만 그건 느긋할 때나 그렇단 소리고, 조금이
라도 바빠지면 귀찮기 짝이 없고 고생을 사서 하는 것
처럼 느껴지는 것도 부정할 수 없다. 아마 그렇기 때
문에 운동화를 받는 세탁소도 있고 구두닦이도 있고

신발 관리 정기 구독 서비스도 생긴 것이리라. 하지만 '그걸 돈 내고 맡기느니 내가 하겠다.' 같은 재정 상태와 사고 방식을 겸비한 나로서는 완전히 딴나라 얘기다. 그러니 어쩌겠는가. 있는 신발이 터지고 깨질 때까지 신어서 품목을 줄이는 수밖에. 신발의 수명을 늘리면서도 이따금 구입한 결과가 이러니 이제 구입 금지로 죗값을 지불해야만 한다. 일 년에 마음에 드는 신발 한 켤레쯤 살 자격은 나에게도 있을지 모르나, 신발의 수명을 최대한 연장시켜야 마음이 편안해지는 성미와 양립할 수 있는 자격은 아니다.

그나저나 어떤 신발은 길이 들 때까지 지옥을 맛보면서 신어야 하는 경우도 있는데, 길들이기를 남이 해 주면 좋겠다고 생각한 적이 없으신지? 내가 듣기론 영국 여왕에게는 그런 '신발 길들이기 담당자'가 있었다. 얼마 전 여왕이 서거하셨으니, 그 담당자분은 어떤 심정으로 어떤 길을 가게 되셨을지 모르겠다. 타고난 하나의 발 사이즈로 다양한 고객을 찾는 게 쉽지 않은 영역일 것 같은데, 아무쪼록 잘 지내셨으면 좋겠다는 생각을 신발 수선할 때 종종 하게 된다.

◇　　아껴 쓰려던 폰을 거의 죽일 뻔하고

더 잘 살아 보려는 노력이나 뭘 더 아껴 보려는 노력이
허사로 돌아간 것도 모자라서 모든 것을 다 망쳐 버린
경험이 있으신지? 나는 좀 과장하면 평생을 그렇게 꼼
꼼히 망쳐 왔는데, 이런 꼬락서니의 가장 큰 문제는 남
탓을 할 수 없다는 것이다. 비유하자면 맛있는 카레를
만들어 놓고 '와사비를 추가하면 더 맛있지 않을까?'
같은 혼자만의 멍청한 생각에 사로잡혀 와사비를 한
컵 들이부음으로써 저녁 식사를 완전히 망쳐 버리는
식이다. 하질 말든가 아니면 좀 잘 알아보고 했으면 좋
았을 것을, 누구를 탓한단 말인가?

　　최근에는 아주 또렷하고 누구에게나 잘 와닿는
바보짓을 했다. 나는 LG G8을 쓰다가 석 달쯤 전에 갤

럭시 S10e로 스마트폰을 바꿨는데, 기기를 바꾸자마
자 주문한 강화유리가 별로 마음에 들지 않았다. 유리
의 테두리만 화면에 접착되고 나머지 부분이 붕 뜨게
되어 있었던 탓이다. S10e도 G8도 화면 끝부분에 살짝
곡률이 들어가 있는데, 이런 화면에 붙이는 강화유리
는 기술적인 문제로 전체면을 붙이는 게 어려운 모양
이다. 끝부분에 곡률이 들어간 화면이 보기에 예쁘긴
하지만 평면에 비해 잘 깨지기 마련인데 환경 보호를
위해 법으로 금지하면 어떨까……. 그런 생각을 하긴
했지만, 당장 도움이 되는 생각은 아니었다.

내가 주문한 강화유리는 UV부착식이었다. G8에
도 잘 붙여서 만족도 높게 사용 중이었기 때문에 이번
에도 그러리라 믿었다.

이 UV부착식 강화유리에 대해 짧게 설명하자면,
화면에 부착 용액을 떨어뜨리고 강화유리를 얹어 공
기를 다 빼낸 다음 자외선 조사장치로 자외선을 쏘면
부착 용액이 끈적하게 경화되어 강화유리가 빈틈없이
붙는 제품이다. 깔끔하게 공기를 빼내고 부착하는 게
어렵긴 하지만 일단 부착에 성공하면 강화유리가 완
전히 밀착되어 아주 매끈하고 화면 반사율이나 밝기
에서도 손해를 덜 본다는 장점이 있다. 가운데가 들뜬
테두리 부착식 강화유리는 아주 밝은 곳에선 거울처

럼 반사가 아주 심하기에 나는 지금(한여름)이야말로 UV부착식 강화유리를 쓰는 게 정답이라고 생각할 수밖에 없었다.

그런데 내가 간과한 게 있었다. 예전에 쓰던 G8은 수화부 스피커가 화면 진동식이라 스피커 구멍이 없었기에 용액을 도포하는 게 아주 쉬웠다. 그에 비해 S10e는 평범하고 보편적인 모양으로 수화부 스피커 구멍이 있어서 이 구멍을 잠시 막아 두기가 아주 어려웠고, 이런저런 고군분투 끝에 부착을 마쳤더니 수화부로 들리는 소리가 좀 먹먹하기도 하고 째지기도 했다. 강화유리가 너무 위에 붙은 데다 굳어진 용액 일부가 스피커 구멍을 막은 게 문제인 듯했다. 소리가 아예 안 들리는 것은 아니라 몇 주를 그 상태 그대로 썼는데, 스마트폰으로 팟캐스트 듣는 게 낙인 나로서는 그 왜곡된 소리를 오래 참을 수 없었고, 결국 공포감 속에서 강화유리를 떼고 그릴을 잘 닦아 보았다. 그랬더니 아주 멀쩡해지는 게 아닌가!

한시름 놓고 스마트폰을 강화유리 없이 대충 쓰기로 작정했다. 케이스를 안 씌운 것도 아니고, 중고로 사서 자잘한 흠집은 이미 많으니 돌바닥에 떨어뜨리지만 않으면 딱히 문제는 없을 것이었다. 당연한 얘기지만 스마트폰이나 태블릿이나 화면에 아무것도 붙이

지 않는 게 화질면에서는 가장 좋기에 그런 생폰 생활
은 썩 나쁘지 않았다.

그런데 일상생활을 하는 동안 미세한 불안감이
서서히 몰려왔다. 스마트폰을 대충 던졌다가 보이지
않는 플라스틱 조각 같은 것에 찍히거나 러닝할 때 아
스팔트에서 미끄러져 그날로 화면이 끝장이 나면? 어
지간한 전자제품은 중고로 사서 쓰다가 또 중고로 처
분하는 생활을 이어왔기에 돈 생각을 하면 화면을 보
호하지 않을 수가 없었다.

결국 어느 유명 메이커의 강화유리가 할인가에
판매 중이기에 구입했는데, 뜯어 보니 이것도 테두리
부착식이라 전에 쓰던 것과 다를 게 하나 없었다. 가운
데는 들뜨고 반사는 심했다. 도저히 용납이 되지 않았
다. 나는 아직 하나 남아 있던 UV부착식 강화유리를
꺼내서 심호흡하고 부착을 다시 시도했다. 스티커로
는 스피커 보호가 잘되지 않기에, 이번에는 지우개가
루를 뭉쳐서 막아 보았다. 내심 천재적인 방법이라 생
각하면서.

이미 몇 번이나 해 본 일인 데다 그럴듯해 보이는
방법까지 쓴다는 생각에 너무 방심한 탓일까. 부착 결
과는 최악이었다. 화면에 기포가 남은 것도 모자라서
수화부 스피커에서 째지는 소리가 나기 시작했다. 나

는 이번에도 그릴을 잘 닦으면 괜찮아지리라 생각하고 알코올 솜과 목공용 풀, 글루건 등 오만가지 방법을 동원해서 그릴의 이물질을 뜯어냈다. 하지만 소리는 돌아오지 않았고, 다음 날부터는 볼륨 버튼이 먹지 않았다. 부착 용액이 안으로 흘러들어가 모든 것을 망치고 있었다.

처음 실패하고 강화유리를 뜯어냈을 때 포기했더라면 얼마나 좋았을까? 두 번째로 강화유리를 주문하는 대신 평범한 보호필름을 주문했더라면 얼마나 좋았을까? 속이 터질 지경이었다. 근본적으로 내가 작업을 부주의하게 한 탓이긴 하지만, 그래도 자기 변호를 하자면 스마트폰의 방수 기능을 믿고 있었다는 게 내가 주의를 기울인다고 해도 더 나아질 수 없는 지점이었다. 물보다 점도가 높은 부착 용액이 스마트폰 내부에 침투할 일은 없으리라 생각했는데, 이 부착 용액은 기름 같은 성분이 있어서인지(불확실하다) 다른 접착물을 무용지물로 만드는 특성이 있는 듯했다. 그리고 스마트폰의 방수 실링은 보통 접착제로 이루어진다. 부착 용액이 스미기 시작하면 스마트폰은 무방비인 셈이었다.

화면에 유리 한 겹 덧붙이고 살짝 맛이 가 버린 스마트폰을 이대로 계속 써야 할 것인가 말 것인가……

째지는 소리가 신경 쓰여도 통화가 불가능할 정도는 아니고, 스피커 좌우 밸런스 조절을 해서 하단부 미디어 스피커만 쓰면 소리를 아주 못 들을 지경은 아니니까 그렇게 그럭저럭 바꿀 때까지 쓰면 괜찮을 수도 있지 않나……. 그래도 볼륨 조절이 어려운 상태는 참고 쓰기 힘들었다. 나는 일단 물어나 보기로 하고 서비스센터로 가서 사정을 대강 설명했다.

기사의 진단 결과는 내 생각보다 훨씬 심각했다. 수화부 스피커는 거의 죽었고, 볼륨 버튼의 고무는 다 떨어졌으며, 심지어 뒷판까지 떨어지고 있다는 것이다. 어깨가 좀 아파서 병원에 갔더니 척추에 금이 갔고 대동맥류가 있다는 격이었다. 게다가 정작 고치고 싶던 수화부 스피커는 화면에 붙어 있는 것이라 화면까지 한꺼번에 교체해야 한다고 했으며, 심지어 안에 묻은 용액을 닦아내다 메인보드가 죽을 수도 있으니 동의서를 써야 한다 했다. 멍해질 지경이었다. 나는 일단 볼륨 버튼과 뒷판만 고치기로 예약하고 집에 돌아왔다. 그리고 수화부 스피커를 스스로 고칠 수 없나 찾아봤는데, 불가능한 것은 아니지만 부품 직구도 해야 하고 분해 과정도 복잡해서 엄두가 나지 않았다. 정확히는 그런 작업을 할 기력이 없었다.

다음 날까지 이리저리 검색을 하고 돌아다니다

한강 건너에 있는 사설 수리점에 문의했다. 거기선 스피커도 따로 교체할 수 있다기에 천만다행이라 생각하고 찾아가서 수리를 맡겼다. 사장은 아무거나 다 고치기로 잔뼈가 굵은, 영화 속의 베테랑 기술자처럼 시원스럽게 스마트폰을 받아들고 금방 수리를 마쳤다. 심지어 UV부착식 강화유리도 말끔하게 새로 붙여 주었다. 수리비는 총 6만 원. 이 정도면 그럭저럭 교훈으로 생각하지 못할 것도 없는 가격이었다. 그렇게 화면 보호용 강화유리를 둘러싼 나의 삽질과 출혈은 끝⋯⋯난 줄 알았다.

어떻게 이럴 수 있을까? 수리를 마치고 몇 시간 지나서 보니 뒷판이 다시 벌어진 상태였다. 사설 수리점의 방수 실링은 한계가 있다더니, 그래서일까? 수리점에 연락해 보니 그건 좀 이상하다며 다시 오면 봐 주겠다고 했다. 나는 당장 가 보려다가 시간상 주말로 미루고 하루를 대충 버렸다. 그리고 다음 날, 일단 공식 서비스센터로 갔다. 실링만큼은 공식 센터를 믿는 게 낫기 때문이다. 다만 사설 수리를 하면 공식 서비스센터는 다시는 수리를 안 해 준다는 얘기도 있기에, 나는 어쩔 수 없었다며, 제발 이것만 고쳐 달라고 통사정을 해 보고, 안 되면 사설 수리점에 다시 갈 작정이었다. 그런데 이번에도 기사는 내 생각과 동떨어진 진단을

스마트폰을 사고로 박살내 보면
억울하긴 하지만 비참하진 않다.

했다. 배터리가 부풀었다는 것이다. 믿고 싶지 않았지만 침수 때문에 흔히 있는 일이니까 믿지 않을 수도 없었다. 게다가 부푼 배터리를 방치하고 대충 밀봉만 하는 건 폭탄을 주머니에 잘 쑤셔넣는 것이나 다름없기에 선택지가 없었다. 교체를 부탁했다. 비용은 4만 원가량.

그리하여 나는 3일에 걸쳐 10만 원이나 들여 강화유리 한 장을 깨끗이 붙인 셈이었다. 배터리를 바꾸긴 했으나 원래부터 배터리 상태는 좋았으니까, 바꾸지 않고 써도 되는 일이었다. 중고가 15만 원에 구한 스마트폰 수리에 10만 원이 들 줄 알았더라면 애초에 포기했으리라. 그리고 도합 25만 원이면 아예 훨씬 나은 모델을 구할 수도 있었으리라 생각하니 영혼이 비명을 지르는 것 같았다.

삶을 더 낫게 만들고자 하는 노력이 삶을 어떤 방식으로 파괴하는가? 10만 원이야 따지고 보면 잃어버렸다고 땅을 치고 후회할 돈은 아니지만, 나름대로 해본다고 한 노력이 완벽한 역효과를 일으키는 것을 체험하고 나니 무슨 노력이라는 것을 해 볼 의욕이 생기질 않는다. 흔히 '인생이란 걸음마를 배울 때처럼 무수한 시행착오를 거치며 나아가는 것'이라거나, '비싼 수업료를 치렀다', '인생지사 새옹지마'라는 식으로 실패에 대한 위안을 얻곤 하는데, 그런 관점의 전환도 마음만 먹는다고 되는 일은 아니다. 최소한 한 번 주저앉았다가 일어날 시간은 필요하다. 10만 원짜리 좌절에는 10만 원에 합당한 시간이, 1억 원짜리 좌절에는 1억 원에 합당한 시간이 필요한 것이다.

다행히도 이번에 내가 겪은 10만 원 짜리 실패는 어찌저찌 안 하는 보드게임들을 팔아치워 넘길 수 있었다. 하지만 살아가면서 결코 피할 수 없을 더 큰 실패 앞에서 내가 쓰러졌다 일어날 시간을 충분히 확보할 수 있을지 생각하면 암담할 따름이다. 아마 그런 여유를 확보해 두기 위해서 다들 필요 이상으로 열심히 살아가는 것이겠지……라는 생각을, 아무 일도 없었다는 듯 말끔해진 스마트폰을 볼 때마다 떠올리게 된다.

---

*추신: 나중에 알고 보니 스마트폰은 말끔해지지 못했고, 삼성페이의 마그네틱 카드 결제 방식이 고장나서 메인보드 교체 외에 수리 방법이 없게 되었습니다.

◇ 프린터와의 전쟁

우리집은 굉장히 오랜 옛날부터 프린터를 당연하다는 듯이 보유하고 있었다. 좋든 싫든 서류 따위를 인쇄할 일은 생기기 마련이니까 필수 가전으로 여겼던 것이다. 하지만 주변 사람들 얘기를 들어 보면 의외로 인쇄를 할 일도 없고, 가끔 필요하면 회사 사무실에서 슬쩍 인쇄한다는 모양이다. 프린터가 너무 많이 사용되었다는 이유로 감사까지 한 회사도 있다지만, 어쩌다 등본 한두 장 정도 뽑는 건 그럭저럭 괜찮지 않을까 싶기도 하다.

아무튼 우리집의 첫 프린터는 도트 프린터였다. 퍽 낡은 방식인데, 내가 아는 선에서 설명하자면 타자기처럼 잉크가 묻은 리본을 때려서 종이에 잉크를 옮기는 것이다. 때문에 소리가 시끄럽다는 단점이 상당한 데다가, 특히 우리집에서 쓴 모델은 용지도 미국식 레터지 사이즈였다. 심지어 필름처럼 좌우로 톱니가 물고 돌아갈 구멍 부분이 붙어 있는 것도 모자라 종이 한 박스가 모두 한 장으로 이어져 있어 나중에 일일이 다 뜯어야 한다는 것도 몹시 번거로웠다. 다만 무슨 문제가 생긴 적은 없었던 것으로 기억한다. 요즘도 길게 말린 용지에 지잉지잉 소리를 내며 인쇄하는 영수증 프린터 따위가 이 방식이라니까, 낡았지만 신뢰도가 높은 인쇄 방식인 모양이다.

　도트 프린터 다음으로는 보편적인 잉크젯 프린터를 쓰기 시작했다. 요즘과 달리 예전에는 프린터 광고도 많이 했는데, 그중에서 앵무새가 나오는 광고의 제품이었을 것이다. 제품 자체는 무난했다. 다만 잉크젯 프린터를 저렴하게 써 보려는 시도에서 오는 재난이 만만치 않았을 뿐이다. 나는 어릴 때부터 보드게임이나 TRPG 관련 자료 따위를 많이 뽑아서 잉크 소모가 적지 않은 편이었는데, 그에 비해 카트리지에 든 잉크는 그다지 충분치 않아서 여차하면 새 카트리지를 사야 했다. 당연히 비용이 만만치 않아 '재생 잉크'라 부르는, 업체가 다 쓴 카트리지에 잉크를 다시 채워 파는 것을 쓰기로 노선을 변경했다. 그러나 이것도 여차하면 새것을 사야 하는 문제만은 마찬가지라, 조금 지난 뒤부터는 아예 잉크를 충전하는 키트와 벌크 잉크를 사서 리필을 직접 하기 시작했다. 프린터와의 기나긴 전쟁의 막을 열고 만 것이다.

프린터와의 전쟁에서 가장 골치아픈 점은 뭐니 뭐니해도 손이 더러워진다는 것이다. 잉크를 다루는 이상 너무나 당연한 일이니 장갑을 끼면 그만 아니겠냐고 생각할 수도 있겠지만, 장갑을 끼고 작업하는 것도 마냥 쉽지만은 않다. 잉크가 묻은 장갑으로 무심코 뭘 잡았다간 거기도 더러워지니까 여차하면 장갑을 벗어야 하는데, 비닐 장갑이나 라텍스 장갑 따위는 손쉽게 쓱 벗고 낄 수 없어서 그 과정 사이에 어딘가는 더러워지기 일쑤다. 게다가 잉크 리필의 신이 온대도 잉크가 넘치거나 새어서 흘러나오는 것은 피할 수 없기 마련이라 결국에는 잉크에 젖은 휴지와 신문지와 장갑 따위로 주변이 난잡한 꼬락서니가 되고 만다.

그런데 그 아수라장에서 카트리지에 구멍을 내고 주사기로 잉크를 주입하고 다시 구멍을 막고 난리를 쳐도 네 가지 색깔 중 뭔가는 막혀서 안 나오는 일이 비일비재하다. 그러면 또 물티슈로 노즐을 닦아 보기도 하고 온수에 담가 보기도 하고 잉크를 더 넣어 보기도 하고 세척액으로 청소도 해 보고 난리를 치게 되는데, 그렇게 해서 카트리지를 살려 봤자 정상 상태가 얼마나 갈지는 아무도 모른다. 애초에 한 번 쓰고 버리게 만들어진 것이니 불평할 일은 아닐지도 모르겠지만.

그러다 언제인가 '무한 잉크'라는, 카트리지와 외부 대형 잉크 탱크를 호스로 연결하는 장치가 등장했다. 카트리지의 잉크 인식칩을 속이고 잉크를 지속적으로 공급해서 카트리지 리필을 할 필요 없이 탱크만 채워 주면 되는 개념이다. 잉크 리필에 넌더리가 날 지경이었던 나는 곧장 이 방식이 채용된 복합기를 사서 쓰기 시작했고, 그럭저럭 만족했다. 일단 카트리지에 주사를 놓을 필요가 없다는 것 하나만 해도 아름다운 일이었다.

하지만 이것도 잘 돌아갈 때나 그렇다는 것이고, 오래도록 사용해 보니 문제가 없진 않았다. 사용하지 않는 동안 카트리지 노즐이 굳는 경우가 심심치 않게 발생해서 헤드 청소 기능을 몇 번이나 돌려 보고, 그래도 안 되면 예전과 마찬가지로 배변에 익숙하지 않은 아기 고양이 항문 닦아 주듯 물티슈로 노즐을 닦기도 하고 반신욕을 시켜 주기도 하고, 그래도 안 되면 틀에 끼우고 주사기로 강제로 빨아내서 잉크를 꽉 채우는 동시에 노즐도 뚫어야만 했다.

고된 일이라곤 할 수 없겠지만, 이럴 땐 이렇게 하면 반드시 해결된다는 법이 없어서 바쁠 때는 이 작업이 사람을 미치게 하곤 했다. 오늘 중으로 뽑아야 할 문서가 있는데 한 시간씩 싸우고 있자면 분통이 터져 죽을 판이었다. 게다가 이번에 잘 고쳐놓으면 오래도록 잘 작동할 거라는 보장조차 없어서 고치는 보람이 느껴지지도 않았다. 결국 문서 인쇄 전용으로 흑백 레이저 프린터까지 마련하긴 했지만, 레이저 프린터는 '무한'이 아니기에 그다지 쓰이지 않았다. 여전히 레이저 프린터는 뒷베란다 구석에 처박혀 있다.

이리저리 달래 가며 쓰던 복합기는 몇 년 지나자 슬슬 고칠 수 없는 지경이 되었고, 결국 2019년말에 새 복합기를 고르게 되었다. 이 선택의 기로는 제법 고민스러웠다. 무한 잉크를 쓰는 것은 대체로 보드게임 관련 자료 때문이었는데, 그때쯤에는 굳이 별도의 한글 자료를 뽑지 않아도 충분할 만큼 한글판 보드게임도 쏟아지고 있었고, 자작 게임을 만들 여유도 남아 있지 않았다. 게다가 아예 정품으로 등장한 무한 공급식 복합기는 비싸기도 했다. 그래서 나는 고민 끝에 다른 프린터보다 인쇄를 많이 할 수 있어 경제적이라는 모델을 선택함으로써 그 넌더리나는 프린터 전쟁에서 손을 떼기로 했다. 개조된 물건을 끊임없이 어르고 달래며 돈을 아끼는 짓을 그만두고 편해지기로 결심한 것이다. 그러나…….

새로 산 복합기를 좀 써 보곤 속았다는 사실을 깨달았다. 도무지 납득하기 힘들 정도로 잉크가 금방 떨어졌다. 어쩌다 이미지 몇 장 좀 뽑으면 잉크가 없다고 프린터가 비명을 질러댔다. 그래서 좀 알아봤더니 광고에서 말하는 인쇄 매수란 일반 텍스트만 뽑을 때에 가까워서, 나처럼 용지 전체를 그림으로 채워서 뽑곤 하는 사람에겐 아무 쓸모도 없는 정보였다. 이래서야 여차하면 카트리지를 주문해야 하던 옛날과 다를 것도 없었고, 치밀하게 계산해 본 결과 잉크를 계속 사서 쓰는 게 엄청난 손해라는 사실을 알게 되었다.

그리하여 또다시 눈물을 머금고 무한 잉크 키트를 사서 복합기에 설치하고 지금껏 쓰고 있다. 그나마 잉크 역류 방지 장치와 전용 잉크 팩 등등이 적용된 모델이라, 구입하면서 기술이 많이 발전한 덕에 고생은 덜 하겠구나 싶었는데, 이게 웬걸, 나을 게 하나도 없었다. 사자마자 한 가지 색깔 공급이 안 돼서 교환을 받은 것부터 이상하다 싶었는데, 한참 쓰다 보니 카트리지 인식이 안 되어 교체한 적도 있고, 탱크에서 샌 잉크가 바닥을 적신 적도 있으며, 잉크 팩에 꽂혀서 잉크를 빨아들이는 죽창 모양의 주입구가 부러져 버리기도 했다. 고장의 강도나 들어간 비용이 구세대 제품보다 더 심각했다.

불행인지 다행인지 내게도 약간의 손재주는 있기에 굵은 주사기 바늘을 에폭시 접착제로 고정해서 수리에 성공하긴 했지만, 그 이후로도 여차하면 한 색깔이 나오지 않아서 카트리지를 청소하고, 노즐로 잉크를 빨아내고, 호스에서 공기를 제거하려고 호스 끝에 주사기를 꽂아서 빨아내고, 카트리지에 잉크를 주사로 채워 보기도 하고, 그래도 안 돼서 안 나오는 색깔만으로 이루어진 이미지를 수십 장 뽑아 보기도 하며 아주 오랜 시간을 버렸던 것을 생각하면 사리가 나올 지경이다.

자연히 이 난리를 한 번 칠 때마다 돈을 더 주고 아예 정품 무한 잉크 제품을 샀다면 스트레스도 덜 받고 시간도 아끼지 않았을까……라는 생각을 하곤 한다. 앞으로 프린트를 딱히 많이 할 것 같지 않은데 굳이 비싼 제품을 살 필요는 없을 것 같다는 판단 대신에 기왕 사는 거 좋은 거 사서 잘 쓰자고 큰 결심을 하는 게 나았을지도 모른다. 하지만 그거야 지금 이 선택지의 결말을 봐서 할 수 있는 생각이고, 그때는 '카트리지 하나로 많이 뽑을 수 있는' 평범한 제품을 적당한 가격에 편하게 쓰는 것이 합리적인 판단이었으므로, 시간을 되돌린다 해도 나는 같은 선택을 반복할 게 분명하다. 눈속임 광고를 알아보지 못한 것은 안타깝지만, 그때로서는 그게 최선이었던 것이다. 최선의 선택을 했다면 한탄은 적당히 하고 상황을 받아들이는 게 여러모로 바람직한 일이다. 그런고로 오늘도 노즐을 청소하며 그러려니 하려는데…… 만약 이틀 걸려도 수리를 하지 못하는 상황이 온다면 그때는 새 프린터를 살 준비도 해야겠구나 싶다. 후회하지 않는다고 생각하면 일단 기분은 좀 나아지지만 문제가 해결되는 것은 아니니. 게다가 미래의 내 시간을 무한정 끌어 쓸 수도 없는 만큼, 언젠가는 다가올 타협점을 위해 조금씩 돈을 모으기로 하자.

◆ 동네 중고 거래가 활성화된 덕분에 …… 쇼핑백 같은 걸
들고 누군가를 만나면서 굉장히 반가워하는 모습을
종종 보게 된다. 요즘 세상에 생판 모르는 남을 만나면서
그렇게 반기는 모습이 또 있을까? 별 호들갑이라거나
어차피 잠깐 거래만 하고 헤어질 사이인데 그렇게까지
감정 교류를 하고 싶지 않다고 생각할 수도 있겠지만,
이 정도로 짧고 간단한 교류도 갈라진 땅에 떨어지는
단비가 되기도 한다. 금문교에 자살하러 가던 사람 중에
누군가 한 명이라도 내게 미소지어 준다면 돌아가겠다고
결심한 사람도 있다지 않은가.

2

ㅅㅏ ㄱㅗ

ㅍㅏ ㄱㅣ ㅇㅣ
ㄹ

ㅁㅣ ㅎㅏ
ㄱ

◇   중고책과 하지 않는 게 나은
환경 보호

온라인 서점인 알라딘에서 200원이 입금되었다. 뭐
지? 무슨 이벤트나 적립금인가? 의아해서 내역을 확
인해 보니, 중고서적 판매 정산금이었다.

아니, 책을 판 것은 맞는데 대관절 어째서 고작
200원만 쳐준단 말인가. 상세 내용을 살펴봤다. 내가
택배로 판매한 책은 열 권가량. 그런데 책에 낙서가 있
거나 침수 자국이 있어서 폐기한 게 대부분이고, 값을
쳐 준 것은 딱 두 권이었다. 알라딘은 만 원 이상의 책
을 편의점 택배로 판매하면 택배비를 천 원만 받는데,
두 권 합쳐서 고작 2,700원이라 택배비 천 원이 아닌
2,500원을 제하고 200원만 입금된 것이다.

그동안 잡다한 저작물을 팔면서 너무나 사소한 금액만 정산받아 충격받은 적이 제법 되지만, 그래도 이번 200원은 상처가 나름대로 각별했다. 그야말로 내가 하등 쓸모없는 짓을 했구나 싶어 회한마저 느꼈다. 책 상태가 안 좋으면 그럴 수도 있는 법인데 가볍게 웃어넘길 수 없는 이유는 무엇인가? 바로 이번에 판 책들은 사실 대부분 '굳이 주워 온 것'들이었기 때문이다.

러닝하면서 아파트 단지를 돌다 보면 종종 버려진 책 더미와 마주칠 때가 있는데, 책을 밥 비슷하게 보는 나로서는 멀쩡한 책이 버려지는 게 안타까워 그런 책 더미를 발견할 때마다 무슨 책이 버려졌나 한참 살펴보곤 한다. 누가 무슨 책을 버렸나 궁금한 마음이 반, 뭐라도 건질 게 없나 싶은 마음이 반쯤 된다.

사실 버려지는 책들은 대부분 버려질 만한 것들이다. 십중팔구 어린이용 그림책, 동화 전집이나 30년쯤 된 듯한 전문 교재 따위고, 내가 진지하게 관심을 가져 볼 만한 소설책이나 교양서는 아주 드물다. 다들 이런 책은 버리지 않거나, 애초에 사지 않거나, 혹은 중고로 팔아치우는 모양이다. 덕분에 지금껏 주워 와서 읽은 책은 서너 권밖에 되지 않는다. 모바일 게임계의 뽑기보다 성공 확률이 낮은 것 같다.

그런데 이번에 러닝을 하다 발견한 책더미는 제

법 내용이 괜찮았다. 대체로 경제학쪽 입문서였는데, 내가 읽고 싶진 않아도 그냥 버리긴 아까운 것들이었다. 주워다 팔아도 괜찮겠다 싶었다. 돈이야 몇 푼이나 받겠냐만, 멀쩡한 책을 폐기하느니 그대로 다시 활용할 수 있도록 조치하는 게 환경을 위한 작지만 큰 한 걸음이 아니겠냐는 생각도 들었다.

그리하여 다음 날 아침, 커다란 쇼핑백을 갖고 나가서 눈여겨봐 둔 그 책들을 주워 왔다. 하필이면 비가 추적추적 내리고 있어서 우산을 쓰고 옮기기가 여간 힘들지 않았는데, 포기할 정도로 빗줄기가 굵지도 않았다.

물건을 집으로 가져온 뒤의 작업은 익숙했다. 그동안 팔아치운 책들이 제법 되니까. 일단 시작은 상태 확인. 대강 봐서 버릴 수밖에 없겠다 싶은 책을 골라낸다. 그다음은 바코드 스캔으로 검색하기인데, 유념할 점은 매입이 원활히 이루어지는 온라인 중고서점이 알라딘과 예스24 두 곳이라는 점이다. 따라서 스마트폰 두 개에 각각의 중고서점 앱을 띄워 놓고 책 한 권을 두 번 스캔하는 게 요령인데, 매입가는 상황에 따라 다르므로 바코드를 찍을 때마다 책을 어디에 팔지 결정해서 분류하게 된다.

이 작업까지 끝난 뒤에 할 일은 물론 박스를 구해

서 포장하고 발송하는 것이다. 보통 지정 택배사를 집으로 부르면 싼데, 박스를 집에 쌓아 두기 싫어서 손해를 감수하고 근처 편의점으로 가서 맡기곤 한다. 이번에도 그렇게 했다. 우산을 쓰고 묵직한 박스를 겨드랑이에 긴 채 편의점까지 찰박찰박 수십 미터를 걸어가 택배를 접수한 것이다. 보통 이러면 돈이 생겼다는 기쁨보다는 책장이 좀 깔끔해졌다는 기쁨이 크기 마련인데, 이번에는 버려진 책을 주워 온 터라 몇 푼이나 벌자고 시간 버려 가며 이게 무슨 짓인가 하는 후회가 더 컸다. 그래도 이미 저지른 일이고, 돈을 벌긴 버는 셈 아닌가. 나는 기왕 편의점에 온 김에 과자라도 사 가자 싶어 3천 원어치 과자를 골라 집에 돌아왔다.

그런데 그런 복잡한 프로세스의 결과가 200원 정산이었으니, 결과적으로 안 해도 될 짓을 해서 시간도 버리고 2,800원도 버린 셈이다! 과자를 잘 먹었으니 헛돈을 쓴 건 아니겠으나, 편의점에 가지 않았더라면 100퍼센트 쓰지 않을 돈이긴 했다. 삽질 중의 삽질이었다. '재활용과 환경 보호' 같은 명분을 대긴 했지만 솔직히 말해서 푼돈이라도 줍자는 발상이 더 강한 동기였으니, 하찮은 욕심을 냈다가 괜히 손해만 봤다는 우화로도 손색이 없는 이야기다.

잘 생각해 보면 이 바보짓이 나 한 명의 삽질로 끝

난 것도 아니었다. 그냥 놔뒀으면 폐휴지를 수거하는 분이 잘 가져가거나 전문 업체에서 한꺼번에 처리했을 테니 재활용이 안 되는 것도 아니었는데, 군이 그걸 중고서점까지 운송해서 버리게 된 것이다. 그 과정에서 택배 기사도 쓸모없이 무거운 짐을 날랐고, 서점 직원도 못 팔 물건을 군이 확인하고 전산 처리하게 되었다. 나의 멍청한 결정으로 얼마나 많은 탄소가 발생했을지 상상해 보면 입안에 쓴맛이 돈다. 요즘 환경을 생각하는 상품을 사라고 유혹하는 마케팅으로 아예 만들어 팔지도 사지도 않는 게 환경적으로 명백히 이득인 에코백, 텀블러 따위를 내세우곤 하는데, 내가 한 짓도 안 하느니만 못한 환경 보호 활동 사례집에 추가할 수 있을 것 같다. 세상을 지키려면 일단 좀 영리해져야 할 모양이다.

그러나저러나 버려지는 책들이 아깝다는 생각은 여전히 자주 드는데, 그런 생각이 아주 궁상스럽거나 이상한 생각은 아닌 것 같다. 나만해도 요 몇 달 사이에 팔기 귀찮아서 그냥 폐지로 버린 책이 제법 되는데, 그때마다 어디 기증을 하면 좋지 않을까 싶었다. 가치가 어느 수준 이하로 떨어진 책들이 마구 택배로 기증되면 내가 저지른 것과 같은 바보짓이 반복될 가능성이 있으니, 동네마다 기증 도서 책장 같은 것을 비치해서 일정 기간 방치된 책부터 처분하는 방식으로 운영하면 괜찮지 않을까? 공공도서관에서 이미 엇비슷한 창구를 마련해 둔 경우도 있지만, 이런 일은 가까이서 편하게 할 수 있어야 이용률이 높을 것이다.

　　다만, 막상 잘 생각해 보면 또 문제가 한둘이 아니다. 누가 책임지고 공간과 설비를 마련하고 관리한단 말인가? 그리고 그 비용을 그냥 환경 보호에 쓰는 게 나을 수 있지 않나? 결국 이야기는 원점으로 돌아온다. 내가 할 수 있는 일은 버릴 책을 눈에 잘 보이는 곳에 예쁘게 버려 놓고 필요한 사람이 가져가겠거니 생각하는 것 정도다. 그리고 한 가지 더하자면 괜한 욕심에 보지도 않을 책을 집어다 멀고 먼 중고서점에 팔려 하는 바보짓을 하지 않는 것. 괜찮은 책 여러 권을 한 번에 파는 것이야 환경에도 재정에도 도움이 되겠으나, 상하거나 마음에서 멀어진 책이 버려지고 그것이 새 주인을 찾지 못해 책의 형체를 잃어버리는 일은 그저 자연의 섭리로 받아들이는 편이 나을지도 모르겠다.

◇ 십수 년 전에 산 농구공을 팔아 치우며

요즘은 미니멀리즘 사상에 경도되어 틈만 나면 물건을 정리하거나 버리거나 팔아서 빈 공간을 확보하는데 골몰하고 있다. 독서와 보드게임처럼 생활 공간 확보의 대척점에 있는 취미를 갖고 있자니, 물건을 악착같이 정리하지 않으면 정말 큰일날 수 있겠다는 생각이 들기 시작한 탓이다.

소비 생활은 하면서 물건 정리를 하지 않는 것은, 극단적으로 비유하자면 끊임없이 고칼로리 음식을 먹으면서 운동은 하지 않는 격이다. 구입과 정리의 결과는 칼로리의 법칙보다 정직해서(호그와트가 아닌 이상 물리적으로 정직하지 않을 이유가 없다), 주기적으로 정신차리고 점검하지 않으면 삽시간에 책장이 늘어나고 벽이 사라지고 물건을 찾을 수 없게 된다.

몇 년 동안 한 번도 손대지 않은 물건의 집세까지 내고 살 필요는 없다든가, 설레지 않으면 버리라든가…… 이런 식의 격언이 전적으로 옳다고 할 순 없겠지만, 버릴 물건을 버리거나, 적어도 공간 잠식을 덜하는 방식으로 보관하는 게 확실히 낫긴 할 것이다. 게다가 주거 환경이 앞으로 나아질 거라곤 죽었다 깨어나도 기대하기 어렵고, 이사를 가든 뭘 하든 짐은 적을수록 좋다.

각설하고, 최근에 미니멀리즘의 광풍에 휘말린 물건 중에는 농구공이 있었다. 공주머니에 넣어서 뒷베란다에 대충 걸어놓고 문자 그대로 거들떠보지도 않은 지 10년은 된 물건이다. 거슬러 올라가면 고등학생 때 산 것일 텐데, 코스트코에서 샀는지, 학교 근처의 스포츠용품 전문점에서 샀는지 기억이 명확하지 않다. 다만 농구공 주머니만은 스포츠용품점에서 산 게 확실하다. 하굣길에 농구공 주머니를 휘두르며 발로 차고 놀다가 주머니와 끈의 연결부가 찢어져서 공이 날아가는 바람에 기겁해서 쫓아갔던 기억이 난다. 그런 무익한 짓을 대체 왜 하고 다녔는지 의문인데, 생각해 보면 초등학교 시절에도 걷는 내내 신발주머니를 발로 차고 다녔다. 이때부터 억압된 분노의 감정에 사로잡혀 있었던 것일까?

　　내가 다닌 고등학교는 학교 운동장이 아주 비좁고 우레탄으로 코팅되어 조금이라도 농구를 하는 게 지극히 당연한 필수 교양에 가까웠다. 바닷가에서 자란 소년이 자연히 수영을 하게 된 것과 비슷하다. 체육 시간에도 교과 과정을 배우지 않을 때면 농구를 했고, 휴일에도 딱히 뭐 할 건 없고 친구들이랑 재미나게 놀고 싶을 때는 집전화로 연락해서 농구나 하자고 부르곤 했으니 그렇게 될 수밖에 없지 않았겠는가? 그나저나 '주말에 할 게 없어서' '집전화로 연락해서' '학교에 모여 농구를 했다'니, 지금으로선 도저히 믿을 수 없는 일이군.

이렇듯 숨쉬듯 자연스러운 생활체육의 광풍도 고등학교를 떠나면서 잦아들 수밖에 없었다. 대학에서 시간이 남으면 술을 마시지 어떻게 농구를 한단 말인가? 그리하여 농구공은 완전히 쓸모를 잃고 뒷베란다의 자리를 차지하는 오브제로 전락한 끝에 이렇게 미니멀리즘 사상의 척결 대상에 오르게 된 것이다.

　　쓸데없는 농구공을 어떻게 처리하는 게 가장 빠르고 간편할까? 버리면 버리는 대로 비용이 들고, 실상 멀쩡한 물건이라 아깝기도 하다. 결국, 요즘 들어 당연해진 수순대로 당근마켓에 올리게 되었다. 시세를 알아보니 새것이 3만 원 이상이라 일단 반값으로 올리고, 천천히 값을 깎기로 했다.

그리고 중고장터를 이용하는 사람들이 종종 그러하듯, 농구공 몫의 자기 비하를 시작했다. 고작 이 따위 물건을 15,000원에 올리다니, 다들 비웃고 넘어갈 거야. 지금이라도 값을 깎는 게 좋지 않을까? 그러다 아무도 안 사면 무료나눔을 해야 하나? 요즘 시대에 농구공은 줘도 안 쓰는 물건 아닐까? 그래도 조금만 더 기다려 보면……. 하는 식으로.

연락은 다행히도 하루 만에 왔다. 한 시간 뒤에 집앞으로 올 수 있다기에 약속을 잡고, 바람을 넣고, 정성껏 닦고, 식사 시간 도중에 뛰어나가서 거래했다. 상대는 마스크를 쓰긴 했어도 아주 젊어 보이는, 어려 보인다고 해도 좋을 청년 혹은 청소년이었다. 새것으로는 보이지 않는 오토바이를 타고 왔고, 헬멧을 쓴 여성이 동행했다. 엄마나 누나는 아닐 테니 여자친구였으리라. 그는 바쁜 것인지 공주머니에서 농구공을 꺼내보곤 바람은 들어 있냐고 물으며 바로 돈을 줬다. 스마트폰도 없던 시절부터 이미 중고 거래의 귀공자라 불린 나는(거짓말이다) 그 부주의한 행태에 크게 당황해서 확인해 보라고 했다. 그러자 그는 농구공을 뒹겨

봤는데, 민망할 정도로 잘 튕기지 않았다. 팔기 전에 공기 주입을 하긴 했으나 층간 소음 걱정 때문에 튕겨 보지 않은 게 불찰이었다.

때문에 그도 당황하고 나도 당황했다. 나는 미안하다고 사과하며, 깎아 달라고 하거나 안 사겠다고 하면 요구를 모두 수용할 각오를 굳혔다. 하지만 그는 농구공이 생긴 이상 펌프도 구비할 수밖에 없겠다고 생각한 것인지 그대로 구입했고, 나는 이상이 있으면 연락을 달라고 하고 돌아왔다.

그리하여 3만 원쯤에 사서 10여 년을 함께했던 농구공을 15,000원에 팔게 된 셈인데, 시간이 지나며 생각해 보니 아무리 500원 비싸다고 식사 메뉴를 바꾸는 처지라 해도 좀스러운 짓을 했구나 싶었다. 구매자가 학생이면 당연히 돈도 없을 테고, 연애 중이면 이래저래 돈 나갈 일도 많을 것이며, 만약 오토바이가 배달 등의 아르바이트에도 쓰이고 있다면 그 돈은 더더욱 피같이 귀하게 느껴지지 않았을까?

중고 거래를 하다 보면 인심 좋은 사람들은 상대가 학생이라고 깎아 주기도 하고 멀리까지 와 줬다고 깎아 주거나 덤을 얹어 주기도 한다. 나도 건강식품을 다룬다는 판매자의 램프를 사면서 유산균을 덤으로 받은 적이 있는데 한 통을 먹는 내내 은근한 즐거움을 느꼈다. 그런 식으로 자신의 생활이나 재정에 별 타격을 주지 않는 정도의 친절만 베풀어도 타인에게 값 이상의 기쁨을 줄 수 있는데, 먼저 그런 친절을 베풀지 못한 게 후회스러웠다. 친절도 자꾸 베풀어야 필요할 때 쓱 꺼낼 만한 순발력이 다져지는 모양이다.

그래서 바람이 좀 빠지는 것 같다는 연락이 오면 곧바로 돈을 모두 돌려줄 작정이었는데, 불행인지 다행인지 아무 연락도 오지 않았다. 발로 차다가 농구공 주머니의 끈이 떨어진 날, 집에서 온갖 기술·가정 기술을 총동원해서 다시는 끈이 떨어지지 않도록 치밀하고 단단하게 꿰매어 놓았는데, 그때의 고생이 앞으로도 빛을 발하면 좋겠다.

◇ 　로봇 청소기와 공생하는 법

중고로 로봇 청소기를 사서 쓰고 있다. 요즘 들어 삶은 바쁘고 성격은 게을러졌는지 이삼 일 만에 청소기를 한 번씩 돌리는 것도 상당히 귀찮은 일임을 절실히 느낀 탓이다. 그래서 현대 가전 삼신기라는 로봇 청소기 덕분에 나는 청소 노동에서 아주 자유로워졌을까? 답은 '어느 정도는 그렇다.'이다. 분명 편해진 부분이 있지만 '청소는 이제 로봇이 하니까.' 하고 손을 놓을 정도로 편해지진 않았다는 뜻이다.

　　기대와 달랐던 점부터 들자면, 일단 로봇 청소기가 안정적으로 청소할 수 있게끔 환경을 갖추고 설정을 맞추는 부분이 상당히 번거롭다. 로봇 청소기란 보통 거리 측정 센서가 회전하면서 지도를 그리게 되어 있는데, 이게 입체가 아니라 로봇 청소기의 높이에서 평면을 인식하니까 그보다 낮은 장애물은 매번 충돌 센서로 알아차려야 하고, 충돌 센서보다 더 낮게 깔린 장애물은 알아챌 방법이 없다. 최신형 고급 제품은 카메라가 달려서 모든 장애물을 파악하지만, 내가 중고로 산 모델은 저렴한 '가성비 모델'이라 거기까지 지원하지 않는다. 따라서 '전선'이나 '수건', '니은자로 꺾인 사이드 테이블의 다리', '매트', '양말' 따위는 아무렇게나 밀어대고 집어먹다가 브러시가 꼬여서 멈추거나 동선이 꼬여서 시간과 배터리를 한참 낭비하기 일쑤다. 결국 이런 부분을 미리 체크해서 금지구역을 설정해 주고 장애물을 치우는 게 나의 일이다. 만화《시구루이》를 보면 맹인 검객이 결투를 잘할 수 있도록 조력자가 미리 자갈 따위를 치우는 장면이 나오는데, 대체로 그것과 비슷한 셈이다.

내가 전선이나 양말 따위를 미처 못 보았다면? 잠시 후에 SOS를 듣고 달려가서 구해줘야 한다. 만약집 밖에서 SOS를 듣게 되면 어쩔 방법도 없이 속만 태워야 하니, '로봇 청소기가 나 없는 사이에 구석구석 말끔히 청소해서 바닥 청결은 신경 쓸 필요가 없는 미래적 일상'이 꼭 들어맞지는 않는 셈이다. 로봇 청소기의 능력에 맞춰 생활 패턴을 뜯어 고치거나 금지구역

지구를 청소하는 로봇 청소기. (본문과 무관.)

설정을 100퍼센트 완벽히 맞춘다면 괜찮겠지만, 로봇의 편의를 챙겨서 인간이 생활을 바꾸는 것도 좀 주객전도가 아닐까?

이 주객전도가 극을 달리는 때가 바로 '대청소'를 시도할 때다. 식탁 밑, 소파 밑, 침대 서랍 뒤쪽까지 아주 깔끔히 청소하려고 작정하면 바닥에 있는 모든 물건을 옮기든지 어디 올리든지 해야 한다. 식탁 의자는 식탁 위에 뒤집어 놓고, 소파 앞의 전기 장판은 접어서 소파에 올리고, 침대 서랍은 뽑아서 침대 위에 올리고, 바퀴 달린 책상 의자는 어디 올릴 수 없기 때문에 청소가 끝난 구역으로 밀어 놓는다. 그런 뒤에 로봇 청소기가 마음껏 뜻을 펼치게 하면 청소야 말끔히 되긴 하지만, 치워 뒀던 물건을 제자리로 돌리는 동안 심각한 회의감이 들곤 한다. 이건 시간을 아낀 것도 아니고 노력을 아낀 것도 아니지 않은가? 사실 로봇이 청소를 위해 나를 이용하고 있는 것 아닐까? 10만 원만 더 보태서 고급 모델을 샀다면 이런 수고는 줄일 수 있었던 게 아닐까?

하지만 이미 여러 번 쓰고 또 쓴 물건을 헐값에 처분하고 다른 것을 사는 것도 부담스러운 일이고, 그렇다고 한탄만 하고 있을 수도 없는 노릇이라 열심히 타협점을 찾았다. 그리하여 어느 수준 이상의 세심한 청소는 구식 청소기를 쓰기로 하고, 어쩐지 뭔가 꼬이면서 리셋된 맵(지도와 청소기 위치가 저장된 것과 심하게 다르면 초기화되곤 한다)도 몇 번 재설정하면서 이래저래 시행착오를 거친 결과, 이제는 로봇 청소기에 너무 신경 쓰지 않으면서 적당히 공생하는 법을 알게 되었다. 로봇 청소기가 발수건과 매트를 공격하지 않게 설정했고, 제멋대로 문을 닫고 셀프 감금되지 않는 법도 가르쳤으며, 사이드 테이블과 부엌의 발판을 치워 두기 좋은 배치도 알아냈다. 걸레질할 때 마루가 썩을 정도로 물을 뿜어대는 건 바늘 구멍 두 개를 낸 테이프로 분사구를 막아서 해결했다.

덕분에 이제 로봇 청소기가 일하는 동안 이 글을 쓸 수 있을 정도로 안정을 찾았다. 서로가 믿을 수 있는 상태에서 청소처럼 귀찮은 노동을 로봇에게 맡긴다는 건 참으로 멋진 일이다. 매끈한 바닥을 유지하자고 누가 묵직한 청소기를 질질 끌면서 팔을 뻗었다 당겼다 하지 않아도 된다는 사실을 생각하면 환호를 해도 모자라다. 아마 돈을 내고 사람을 써도 이렇게 마음이 편하진 않으리라.

물론 이 안정을 얻기까지 로봇 청소기와 상당한 갈등을 빚긴 했지만, 지금까지 무수히 그랬듯이 편의성과 돈 사이에서 타협점을 찾은 거라고 생각하면 그러려니 싶다. 이번에는 그게 좀 길고 까다로웠을 뿐이다. 그런 난관을 거친 덕분에 이제 그 어떤 로봇을 상대해도 당황하지 않을 자신감도 생겼으니 어디서 돈 주고도 못 배울 경험을 쌓았다는 생각도 든다. 고생을 정신 승리로 포장하는 면이 전혀 없다고는 못하겠지만, 근미래에 찾아올 반려 로봇의 초기형이 어떤 난장판을 벌여도 침착하게 상대할 수 있겠다는 자신감 하나만은 확고하다. 그때쯤에는 '나 때는 말이야, 로봇 청소기가…….' 하고 으스댈 수도 있겠지.

그나저나 만사 마음대로 되는 게 없고 상대가 나에게 딱 맞춰 주지 않는다는 점은 생각하기에 따라선 인간적인 게 아닐까?

---

*추신: 이 로봇 청소기는 2022년 겨울에 주워 온 로봇 청소기를 정비해서 쓰게 된 탓에 처분하게 되었습니다. 아무 집에나 팔아 버리면 십중팔구 버려질 것 같아서 IT 기기에 익숙한 후배에게 빌려줬다가, 값을 치루겠다기에 싸게 팔았습니다.

◇   그래도, 중고 거래

나는 당근마켓이라는 게 생기기 전부터 중고 거래를 밥 먹듯이 하고 살았는데, 돈 문제를 떼어 놓고 보면 그 이유 중 첫 번째는 다양한 보드게임을 하려 했다는 것이다. 요즈음에는 자고 일어나면 정식 한글화 보드게임이 할인을 끼고 쏟아지는 형국이라 그중에서 입맛대로 골라 사기만 해도 벅찰 지경이지만, 예전에는 뭔가 특별하고 재미있는 게임을 저렴하게 구하려면 커뮤니티 중고장터에서 찾고, 마음에 안 드는 게임은 다시 중고장터에 파는 게 일상적인 일이었기 때문이다.

　　그렇게 보드게임을 커뮤니티에서 중고로 거래하면서 특히 좋았던 점은, 워낙 비좁은 마니아 판이라 그런지 사기꾼이나 비매너 거래자를 만난 적이 거의 없었다는 것이다. 이 바닥에선 뭐가 없어지거나 손상되어 있으면 전부 게시글에 적어 놓는 것은 당연하고, 심지어 박스가 얼마나 닳았는지도 써 놓는 게 상식일 지경이다. 유난스럽게도 느껴지는 이 풍습은 여전히 지켜지는 편인데, 다른 상품이라면 신경 쓰지 않을 박스 자체도 수집물로서 상당히 중요한 부분으로 취급되기 때문일 것이다. 이 문화는 미풍양속이니 앞으로도 잘 지켜지길 바란다.

한편 당근마켓이 혜성같이 나타난 이후로 지역 기반 중고 거래가 활성화된 덕분에 보드게임은 물론이고 다른 물건도 거래하기 쉬워졌다. 그러나 그다지 마음에 들지는 않는 거래를 접하는 경우가 늘었다.

가장 충격적이었던 것은 보드게임 〈딕싯〉 거래. 중국어판이라기에 그런가 보다 하고 택배 거래를 했는데, 받아서 보니 저질의 복제품이었다. 따져서 환불받긴 했지만, 이 일은 여전히 마음속에 교훈으로 남아있다. 아무한테서나 마니아의 시각이나 태도를 기대했다간 크게 실망할 수밖에 없으니, 당근마켓처럼 아무나 나타날 수 있는 곳에선 주의해야 한다는 교훈이다.

그러고 보니 보드게임 〈텔레스트레이션〉 거래도 뒷맛이 개운치 않았다. 제법 유명한 이 게임은 단어를 보고 코팅된 수첩에 보드마커로 그림을 그려 다음 사람이 답을 유추하게 하는 방식인데, 받아서 뜯어 보니 전에 그린 그림을 하나도 지우지 않아서 수십 페이지를 일일이 지워야만 했다. 상품에 문제야 없다지만 가방을 파는데 안에 든 쓰레기를 비우지 않은 것보다 심한 처사다.

제법 싼 가격에 인수한 모니터도 약간 속은 느낌이 드는 편이다. 무슨 문제가 있다는 소리를 듣진 못했는데, 방에서 다른 기기를 켜고 끌 때마다 노이즈가 끼는 것이다. 워낙 싸게 산 데다 못 쓸 문제는 아니라 여전히 그럭저럭 쓰고는 있지만, 이런 문제가 있으면 고지하는 게 인지상정이다. 덕분에 이 거래 이후로는 중고 전자기기를 볼 때마다 어떤 문제가 숨어 있지 않을지 의심하게 되었으니, 이것도 교훈이라면 교훈이겠다.

아주 기분 좋은 거래도 가끔은 있다. 작년에 수면 장애와 심리 문제의 해결책으로 '라이트 테라피'를 알아봤는데, 마침 당근마켓에 필립스 라이트 테라피 조명이 나와서 얼른 직거래로 구입했다. 두어 정거장 가서 만난 판매자는 삼사십 대의 여성분으로, 자기가 건강식품 관련 일을 하고 있다면서 유산균을 한 박스 덤으로 끼워 줬다. 상품을 넣어 준 가방도 아주 튼튼하고 좋은 녀석이었다. 유산균도 맛있었고, 가방도 잘 쓰고 있다. 가장 중요한 라이트 테라피가 얼마나 효과가 있었느냐 묻는다면 정확한 실험을 거친 게 아니라 대답이 좀 곤궁하지만…… 아무튼 이런 거래는 참 드물고 기쁘다. 세상 아직 살 만하지 않은가 싶기까지 하다.

　나도 훌륭한 거래자가 되려 노력은 하는데, 아무래도 100퍼센트 좋은 거래자라고 자부하진 못하겠다. 어머니가 쓰던 지갑과 가방을 팔 때는 내 물건이 아닌 탓에 변색된 부분을 미처 발견하지 못해서 차를 타고 온 사람이 허탕을 치고 돌아가기도 했고, 판매 직전에 흠을 발견해서 값을 깎아 준 적도 있다.

　최근에는 잘 사용하지 않는 카메라 렌즈를 팔았는데, 그것을 살 때 두 가지 중 뭘 살까 한참 고민한 탓에 렌즈의 별명을 다른 쪽으로 착각해서 의도치 않은 사기 판매를 하고 말았다. '연탄 19호'라고 써야 할 것을 '삼순이'라고 판 것이다. 천만다행으로 구매자가 어차피 그 두 가지 렌즈를 다 살 생각이었고 내가 싼값에 팔았기에 웃고 넘어갔지만, 지금 생각해 보면 욕을 먹어도 싼 일이다. 상품 판매도 적당히 짐짝 치운다는 생각으로 할 일이 아니다.

　한 달 전에는 커피용 핸드밀을 당근마켓에 올렸는데, 저번 주에야 겨우 팔았다. 제법 싸게 올렸는데도 다들 하트만 찍고 문의를 하지 않는 묘한 상황이 퍽 오래 이어졌다. 한 달 만에 나타난 구매자는 흥정 한 마디 하지 않고 저녁에 곧바로 찾아왔다. 나는 물건만 달랑 들고 가기가 뭐해서 나름대로 예쁜 비닐 봉지에 담아서 나갔다. 구매자는 20대로 보이는 여성이었는데, 만나자마자 현금을 담은 흰 봉투를 내밀었다. 돈봉투라니! 믿기 힘든 광경이었다. 나는 핸드밀의 구조를 간단히 보여주고 거래를 마쳤다. 한참 뒤에 거래 후기가 올라와서 보니, 설명도 잘해 주시고 너무나 고마웠다고 적혀 있었다. 그 정도로 설명을 자세히 하진 않았는데? 기껏해야 상식선이었는데? 싶어서 놀랍기도 하고 고맙기도 했다. 아마 그분은 몇 번의 거래를 거치면서 거래 매너의 기대값이 많이 낮아진 것 아닐까? 아무튼 이 정도의 매너로 서로 기뻐할 수 있다면 이것도 중고 거래의 복이 아닌가 싶다. 앞으로 좋은 인간이 될 수 있을지는 여전히 모르겠지만, 좋은 거래자 정도는 간신히 될 수도 있을 것 같다.

그건 그렇고 동네 중고 거래가 활성화된 덕분에 지하철 입구 같은 핫플레이스를 지나자면 쇼핑백 같은 걸 들고 누군가를 만나면서 굉장히 반가워하는 모습을 종종 보게 된다. 요즘 세상에 생판 모르는 남을 만나면서 그렇게 반기는 모습이 또 있을까? 누군가는 별

호들갑이라거나 어차피 잠깐 거래만 하고 헤어질 사이인데 그렇게까지 감정 교류를 하고 싶지 않다고 생각할 수도 있겠지만, 이 정도로 짧고 간단한 교류도 갈라진 땅에 떨어지는 단비가 되기도 한다. 금문교에 자살하러 가던 사람 중에 누군가 한 명이라도 내게 미소 지어 준다면 돌아가겠다고 결심한 사람도 있다지 않은가. 그러니 매너 있는 거래가 가치를 더 인정받는 날이 오길 바란다.

---

*추신: 며칠 전 구하기 힘든 게임이 장터에 있기에 문의를 넣었는데 답이 없어서 팔렸으면 팔렸다는 소리라도 해 주지, 하고 매너 없다고 생각했습니다. 그런데 한참 지난 뒤에 어머니가 갑자기 쓰러지셔서 경황이 없었다는 답이 오더군요. 이미 새 상품을 주문한 터라 미안하기도 하고 안타깝기도 했습니다. 쾌차하시길 바란다는 메시지를 보내는 수밖에 없었습니다. 매사 쉽게 화내고 욕할 일은 또 아니군요.

◇   패딩을 사고파는 장인정신

2022년 올해의 가을은 이상할 정도로 긴 느낌이 들었
다. 한 해 전체는 무슨 사기를 당한 게 아닌가 싶을 정
도로 빠르게 지나갔는데 그에 비해 가을은 길었다. 이
상한 해다.

아무튼 이런저런 옷을 갖추어 입기엔 가을만 한
계절이 없다. 봄이 더 좋다고 생각하는 사람도 많겠지
만, 나는 가을이 낫다고 느낀다. 심오한 이유가 있는
것은 아니고, 단순히 가을엔 혹시나 해서 더 챙긴 옷을
'가져오길 잘했군.' 하며 입을 때가 많고, 봄에는 '역시
괜히 챙겼어.' 하고 가방에 넣을 때가 많기 때문이다.
봄은 여름이 다가오며 여벌 옷의 효용성이 점점 떨어
지는 데에 비해 가을은 반대로 여벌 옷이 갈수록 유용

해지기 때문에 느끼는 확증 편향일 것이다.

　이번 가을은 제법 길었음에도 여기저기 돌아다닐 기회가 좀처럼 생기지 않았다. 친구들은 이래저래 시간이 맞지 않았고, 그럴 때면 나는 생산적인 일 하나라도 더 해 볼 궁리에 쫓겨서 산책하러 뒷산에 올라가는 것 말고 거의 나다니질 않았다. 그 결과 가을옷은 거의 다 손도 대지 않은 채로 남게 되었고, 나는 옷걸이를 볼 때면 가을은 다 갔으니 겨울은 뭘 입고 나야 하는지를 고민했다.

　그러다 보니 옷을 사고 싶어졌다. 몇 년째 겨울옷에 변화가 없다는 사실을 실감한 탓이다. 여기엔 여러 이유가 있겠지만, 나는 한국의 혹독한 겨울이 가장 큰 문제라고 생각한다. 영하로 내려가면 두꺼운 코트나 패딩을 입을 수밖에 없는데, 이것들은 보온성이 뛰어난 만큼 자리도 많이 차지하고 값도 비싸서 입맛대로 이것저것 구비해 놓기가 쉽지 않다. 따라서 가장 편하고 가장 따뜻한 패딩만 걸칠 수밖에 없게 되는 것이다.

　그리하여

　1. 파란색 우주복 같은 패딩.
　2. 감람색(흔히 말하는 카키색) 롱패딩.
　3. 형의 회사에서 나온 패딩.

이 세 가지 정도가 추위 걱정 없이 고를 수 있는 선택지로 좁혀지고 말았는데, 여기에는 나름대로 애석한 사연이 있다. 짙은 남청색에 겉으로 울룩불룩하지 않아 멋지고 점잖고 아주 따뜻한 패딩도 있었지만 형이 분가하며 가져가고 만 것이다. 1번 패딩의 색깔이 쨍한 코발트 블루에 가까운 탓에 출퇴근용으로 입기에 뭣하다는 이유였으니 어쩔 수 없긴 했지만, 그래도 옷걸이를 볼 때마다 두고두고 아쉬움이 남았다. 1번 패딩은 형이 꺼린 것과 마찬가지 이유에서 나도 좋아하지 않는데, 2번 롱패딩은 너무 길어서(=내가 작아서) 어지간히 춥지 않으면 피하고 싶고, 형이 준 3번 패딩은 여러모로 편하게 입을 만하긴 하나 강추위를 견디기에는 얇은 편이다.

　나는 올해야말로 내 마음에 쏙 드는 패딩을 장만하기로 작정했다. 사실은 예전부터 나사의 우주복 같은 흰색 패딩이 탐나기도 했던 것이다. 그래서 내가 당장 뒤적이기 시작한 곳은 다름 아닌 중고장터였다. 옷을 사기로 해 놓고 중고장터부터 뒤진다는 게 좀 궁상스러운 느낌이 없지 않지만, 과잉 생산의 시대에 중고제품을 이용하는 버릇은 합리적이고 권장할 만한 일이다. 탄소 배출도 줄이고 동물도 보호하고 내 지갑도 배려할 수 있으니 얼마나 좋은가? 자랑스럽게 생각하자.

여기저기 뒤져 보니 말끔한 패딩을 팔려고 내놓은 사람이 어마어마하게 많았다. 내가 인식하기로 패딩은 튼튼하기도 하고 세탁도 자주 할 일이 없어 도통 닳지를 않으니 한번 사면 십 년은 입는 물건인데, 오히려 그런 내구재로서의 특징 때문에 패션업계에서 유행을 자꾸 바꿔서 조성하고, 사람들도 그에 맞춰서 질리면 파는 게 아닌가 싶었다. 그게 경제적으로나 환경적으로 괜찮은 일인지는 모르겠지만, 일단 나 같은 중고 생활자에게는 잘된 일이긴 했다.

그리하여 내가 적당한 가격에 살 만하며, 게다가 디자인도 마음에 드는 브랜드의 제품 몇 가지를 검색해 봤다. 중국이나 홍콩에서 들여와 수상할 정도로 싸게 파는 물건은 새 제품도 평이 좋지 않았다. 한편 디자인이 예쁘지만 중고가가 제법 싼 모 국내사의 제품은 처음 듣긴 했으나 찾아보니 회사가 오래 되기도 했고 제품들의 평이 아주 좋았다. 이 회사의 제품을 사기로 마음먹고 흰색 패딩을 다시 검색해서 오픈마켓의 전문 업자가 파는 물건을 찾아냈다. 이상적이었다.

다만 중고라 문제가 있긴 했다. 팔 뒤쪽에 미세한 얼룩이 있다는 것, 후드에서 퍼가 없어졌다는 것, 그리고 사이즈가 내가 입는 것에 비해 약간 크다는 것. 이 세 가지였는데, 얼룩은 그렇다 쳐도 퍼가 없는 건 꽤 아쉬웠다. 모양도 모양이지만 후드에 달린 퍼는 바람을 흐트러뜨려 보온성을 높여 주기 때문이다. 그래도 뭐…… 값이 싸니까 퍼는 필요하면 어디서 호환품을 구할 수 있겠지, 하고 넘어가기로 했다.

다음 문제는 사이즈였다. 나는 95에서 100을 입는데, 이 제품의 사이즈는 100 전후라고 나와 있었다. 이 부분은 고민이 길었다. 내 몸이 예전과 달라 95 중에도 너무 끼어 입을 수 없는 옷이 적지 않은데, 어째 100 중에도 너무 커서 보기 싫은 옷이 있기 때문이다. 옷과 신발의 치수란 항상 참고사항에 불과한 것일까? 아무튼 작으면 못 입지만 크면 옷을 껴입으면 되는 일이라 생각하고 내친김에 주문하고 말았다.

뭐든 물건을 주문한 뒤에는 깔끔히 잊어버리는 게 여러모로 이득이다. 괜히 더 찾아보다가 더 싼 걸 발견하면 속이 쓰리기 때문이다. 그런데 이날은 휴일이라 주문 취소까지 여유가 있었던 만큼 고민이 사라지지 않았다. 과연 잘 산 게 맞을까? 나는 돌다리도 두드려 본다는 마음으로 그 제품의 쇼핑몰 후기를 검색해서 꼼꼼히 읽어 봤다. 그런데 애석하게도 사이즈가 실제보다 크다는 사람이 한둘이 아니었다. 사진 후기를 봐도 키 180센티인 사람의 엉덩이를 다 덮을 지경이라 내가 입으면 롱패딩이 될 판이었다.

결국은 주문이 완전히 처리되기 전에 결제를 취소했다. 그 값에 그 정도로 마음에 드는 물건을 구할 수 없을 것 같아 여간 아쉽지 않았지만, 큰 옷을 어벙하게 입고 다니고 싶지도 않았으니 별수 없었다. 나는 중고장터에서 그 브랜드 옷을 다시 뒤지기 시작했다. 두 번째로 마음에 드는 패딩을 찾기까진 오래 걸리지 않았다. 심지어 사이즈도 딱 맞고, 퍼도 있고, 다른 결함도 없었다. 오로지 문제라면 색깔이 밝은 감람색이란 점이었다.

이 색깔이 나에게 잘 맞는다는 건 평생에 걸쳐 체험했지만, 나의 드림 컬러였던 백색을 포기해도 되는 것일까……. 이번에도 사람들 평을 찾아 검색해 봤더니 흰색 패딩은 처음에만 예쁘지 때 타기 시작하면 감당이 안 되는 만큼, 세탁을 자주 할 각오를 하라는 말이 많았다. 결정적인 조언이었다. 기껏 산 패딩을 아껴서 가끔만 입고 싶지도 않았고, 그렇다고 여차하면 세탁소에 보내자니 돈이 아까울 게 뻔했다.

그리하여 최종적으로 또 감람색 패딩을 주문하게 되었다. 패션에 신경을 쓰려던 사람이 과감한 시도를 했다가도 자기에게 어울리도록 새로운 세팅을 하기가 어려워서 결국엔 옷장에 입던 색만 즐비하게 된다는 말을 들은 적이 있는데, 나도 어쩔 수 없는 모양이다.

　도착한 패딩은 썩 마음에 들었다. 사이즈도 딱 맞고 충분히 두툼했으며 색깔도 밝아서 있던 색을 똑같이 또 샀다는 느낌도 들지 않았다. 다만 유일하게 마음에 들지 않았던 건 제품 포장이었다. 판매자가 옷을 아무 조치도 없이 접어서 박스에 넣어 보낸 것이 아닌가? 요즘 포장을 뜯을 때 칼을 아주 조금만 뽑아서 뜯는 게 습관이 되어서 망정이지, 칼질을 잘못했다가 판매자에게 따질 수도 없는 재난을 겪을 뻔했다.

　그래서 판매자에게 한마디 하려다…… 그냥 그만두었다. 그래서 옷을 샀으면 당연히 조심해서 뜯어야 할 것 아니냐고 나오면 반박할 거리도 별로 없었기 때문이다. 여기가 미국이면 또 모를까. 게다가 주의를 주어 앞으로 더 훌륭한 판매자로 인정받게 돕고 싶지도 않았다. 괜한 실랑이를 겪어 봐야 신경 쓸 부분을 알게 되겠지. 나는 내 일이나 잘하기로 마음먹었다.

　여기서 닥쳐온 '내 일'이란 물론 입지 않는 패딩을 처분해서 옷걸이를 확보하는 것이었다. 내게는 위에 적은 것 말고도 밝은 황갈색 광택이 감도는 패딩이 있긴 한데 이상할 정도로 손이 가지 않는 터라 몇 년을 묵혀 두고 있었으니, 어떻게 생각해도 파는 게 나았다.

　입지 않는 패딩을 3만 원에 장터에 올렸다가, 일

주일에 걸쳐 주제를 파악하며 12,000원까지 내렸다. 그제야 사겠다는 사람이 나왔다. 나는 구매자가 묻는 대로 가슴둘레까지 다시 측정해서 답해 줬고, 마침내 안전 결제까지 예약되었다. 이제 택배 예약을 하고 포장해서 보내기만 하면 되는데…… 어째 예약이 되질 않았다.

중고로 잡동사니 사고팔기로는 나도 제법 잔뼈가 굵은 사람인데, 이런 문제는 처음이었다. 앱에서 구매자의 번호가 가입 시와 다르다는 메시지가 나오며 진행이 되지 않는 것이었다. 이에 대해 물으니 구매자는 내 말을 이해하지 못한 것인지, 내가 시스템을 이해하지 못하는 사람이라고 생각하고 도리어 진행 방법을 알려 주었다. 환장할 노릇이었다. 그래서 약간 기분이 상한 상태에서 길게 설명을 할 수밖에 없었다. 나는 시간과 감정이 아까웠다. 큰 돈을 버는 것도 아니고 택배비 빼면 9천 원이나 나올까 말까 하는 물건을 처리하자고 이런 고생을 해야 하나? 할 일이 너무 많이 쌓여 짓눌려 죽을 것 같은 심정인데 이게 무슨 짓이란 말인가?

그리하여 '관두시오, 난 안 팔겠소.'라는 문장이 손끝까지 올라왔을 때, 구매자가 문제를 파악했다. 구매자는 그 옷을 남에게 보내기로 하고 배송지를 적었

황량한 가을의 끝자락에서 겨울을 바라볼 때
마음을 든든하게 해 주는 것은 마음에 드는 방한장비다.

고, 장터 앱은 이 상황을 공식적으로 허용하지 않는 것이었다. 결국 나는 다른 앱을 써서 택배를 보내기로 하고 패딩을 포장했다.

솔직히, 이 시점엔 이미 지쳐서 포장이고 뭐고 대충 박스에 처넣고 끝내고 싶었다. 하지만 물건을 팔지 않으면 모르되, 파는 이상 잘 싸서 보내는 게 인지상정이라는 것이 중고 거래 외길 20년 내 주관이었다. 무엇보다 앱으로 파는 이상 나의 이력이 남는 것도 사실이고.

패딩을 잘 접어 쇼핑백에 넣은 다음 박스에 넣고, 박스 안쪽 날개를 약간 잘라서 박스의 바깥쪽 날개가 맞닿는 절개부 밑에 붙였다. 아무리 험악하게 칼질을 해도 칼이 내용물에 닿지 않게 처리한 것이다. 개봉 시 주의라는 문구도 잊지 않고 적었다. 내가 겪고 아쉬웠던 부분을 해결해서 보낸 셈인데, 이건 사실 특별히 무슨 친절과 선한 영향력이 더 퍼지면 좋겠다든가 하는 식의 따뜻한 마음 때문이 아니라 일종의 장인정신에 가까웠다. 기왕 할 거라면 이 정도는 해야 속이 시원했던 것이다.

그렇게 보낸 택배는 다음 날인가 다다음 날에 무사히 도착했고, 구매자도 잘 받았다며 고맙다고 했다. 혹시 옷에 내가 모르는 문제가 있거나 트집을 잡히면 어쩌나 싶었는데 아니라 다행이었다. 안전결제에 묶여 있던 돈도 바로 받았다. 그런데 고맙다는 말이 끝이 아니었다. 구매자가 구매평에 '이런저런 문제가 있었는데 잘 처리해 주셨을 뿐더러 제품이 훼손되지 않게 포장도 철저히 해 주셨다.'며 '사업 번창'하시라고 칭찬을 남긴 것이다.

내가 중고 거래 기록을 수십 건 남긴 것도 아닌데 사업이 잘되라고까지 하는 건 약간 맞지 않는 덕담이 아닌가? 하는 생각이 들긴 했지만, 장인정신을 알아봐 주어 기쁘기도 했고 나의 중고 거래 이력도 더 나아져서 즐거웠다. 어떤 친절이나 정성은 본의가 아니더라도, 단순히 자신의 직성이 풀리는 정도의 습관적 행위더라도 결과적으로는 더 나은 삶을 구성하는 요소가 되는 게 아닌가 싶다. 아마 그것이 우리가 도덕과 예절과 에티켓과 매너 따위를 굳이 배우고 익히는 이유이리라. 중고 거래 외길 20년의 노하우도 헛된 것은 아님을, 반강제 격리에 의한 패딩 구매 욕구와 무성의한 판매자 덕에 새삼 느꼈다.

◈   사람 냄새가 나는 소상공인을 사랑하는 것이 바로
각박한 현대 사회를 살아가는 지혜…… 이런 소리를
하자는 건 아니고, 어떤 상품을 누가 만들거나 골라서
전시하고 파는가, 그 사람은 어떤 취향과 주관으로 공간을
구성했는가 감상하는 것은 직접 가서 즐길 만한 기쁨이라는
뜻이다. 작은 점포를 잘 알게 되는 일에는 타인을 잘 알게
되는 일의 소박한 행복이 존재한다.

3

돈 쓰는 일이
어려움

◇ 아무 슬리퍼나 신어도 될 줄 아셨습니까?

원숭이 꽃신이라는 말이 있다. 관용 표현이라고 하기엔 신문 기사 같은 것에나 나오고 실제로 쓰는 사람은 별로 없는 말인데, 아무튼 오소리인가 여우인가가 신발 없이 잘 살던 원숭이에게 신발을 공짜로 주기 시작해서 나중에 신발 없이 살 수 없게 된 원숭이들에게 비싼 값에 꽃신을 팔아 폭리를 취했다는 동화에서 유래했다고 한다. 즉, 분명 없어도 잘 지냈는데, 한번 쓰기 시작한 이후로 너무 익숙해져 비용이 들어도 계속 쓰게 된 물건 따위를 가리키는 것이라 할 수 있겠다. 요즘 어지간한 콘텐츠는 다 이런 식으로 팔고자 하니 어색한 개념은 아닐 것이다.

그런데 근래에 들어 우리집에선 어머니와 내가

실내 슬리퍼에 사로잡혀 원숭이 꽃신을 신는 꼴이 되고 말았다. 대체 예전에 맨발로 다닐 때는 어떻게 지냈던 것일까? 도무지 기억이 나지 않는다. 이럴 줄 알았더라면 집에서 맨발로 걸어다니는 게 당연하던 때의 기분과, 처음으로 실내 슬리퍼를 쓰게 된 뒤의 기분을 소상히 적어 둘 걸 그랬다. 잃어버리기엔 너무 아까운 기억이다.

집에서 슬리퍼를 신게 된 계기는 층간소음 때문이었다. 내가 팔굽혀펴기와 가벼운 점프를 연달아 하는 버피 테스트를 방에서 좀 한 뒤로 아래층 분이 올라와 점잖게 항의를 하신 거다. 이후 층간소음에 대해 신경을 쓰게 됐다. 사실 아래층 분이 올라왔을 때 다른 소리는 들리지 않았다고 했으니 방에서 점프만 하지 않아도 되었으리라. 하지만 별 생각 없이 걸으면 바닥이 쿵쿵 울리는 소리가 나긴 했고, 겨울엔 발이 시리기도 했으므로 그즈음부터 앞이 막힌 털 실내화를 신기 시작했다. 이후로 집에서 실내 슬리퍼를 신는 게 너무 당연한 일이 되고 말았다. 원숭이 꽃신 얘기처럼 슬리퍼 없는 생활로 절대 못 돌아갈 지경까지는 아니지만, 종종 맨발로 걸어다닐 때면 뒤꿈치가 좀 아파서 약간 신경이 쓰인다. 여기저기 걸어다니다 그 발로 이불 속에 들어가는 것도 떳떳하지 않은 감이 있고.

그리하여 슬리퍼를 신는 게 당연한 풍습으로 자리 잡은 것 자체에는 별 불만이 없다. 대단한 비용이 들진 않으니까. 그런데 불만 없이 오래 잘 신을 슬리퍼를 고르는 것도 그리 만만한 일은 아님을 체감하게 되었다.

겨울에 신는 털 슬리퍼는 따뜻하긴 하지만 관리가 까다롭다는 문제가 심각했다. 정기적인 세탁도 말이 쉽지 도통 귀찮아서 할 수 없는 짓인데, 관리를 좀 소홀히 했다간 금방 때가 타고 냄새가 나기 시작한다. 그래서 포기하고 약간 말랑말랑한 재질의 화장실 슬리퍼 엇비슷하면서 발등에 구멍이 좀 난 슬리퍼를 한동안 신어 봤다. 이건 물을 머금지 않아서 빨리 마르는 장점이 있긴 했으나, 시간이 지나면 발냄새가 나는 것만은 어쩔 수 없었다. 그래서 바구니 모양의 구멍과 구멍 사이를 몇 군데 잘라내어 조금씩 통풍이 더 잘 되도록 개조하기에 이르렀는데, 확실한 효과를 보려면 슬리퍼가 아주 누추해 보일 정도까지 뜯어내야 할 게 분명해서 그쯤에서 개조를 포기하고 말았다.

이후 정착한 것은 어머니가 고속터미널 상가에서 사온 EVA 재질의 푹신한 슬리퍼다. 찾아보니 EVA는 에틸렌 초산비닐 아세테이트 공중합체라는데, 다른 석유 가공품과 달리 무해해서 조립식 바닥 매트나 신발 깔창, 중창 따위에 잘 쓰이고 있단다. 실제로 이 두

툼한 슬리퍼는 여간 푹신하지 않아서, 맨바닥에서도 걱정 없이 뜀뛰기를 할 수 있을 정도였다. 앞이 다 트인 모양이라 발이 좀 시리긴 했지만 편리함과 타협할 수 있는 수준이었으므로 꽤 오랜 기간 사계절 내내 이것만 신었다.

그런데 사이즈가 맞지 않는 게 상당히 큰 문제였다. 애초에 재고가 별로 없어서 어머니가 두 사이즈는 큰 것들을 사온 탓이다. 슬리퍼야 원래 직직 끌고 다니는 것이니 좀 커도 괜찮은 게 보통인데, 이 재질은 마찰계수가 대단히 높아서 약간 불편했다. 가령 벗었다가 다시 신을 때 어지간한 슬리퍼는 발로 툭 차서 방향을 바꾸기 마련인데, 이 녀석은 도통 미끄러지질 않아 굴러갈 때까지 차든지, 아니면 내가 알아서 몸을 돌려야만 했다.

이 두 가지 문제가 어우러지니, 걷다가 앞이 자꾸 걸려 휘청하게 된다는 새 문제가 파생되었다. 어지간히 대궐 같은 집이 아닌 다음에야 집 안에서는 크고 넓게 걷지 않는 법이라 발이 지면에서 충분히 떨어지지 않는데, 슬리퍼가 크고 두꺼우니 발끝이 지면에 끌리는 경우가 왕왕 일어나는 것이다. 재질 특성상 그때마다 슥 미끄러지는 게 아니라 바닥을 붙들어 버리니 휘청하지 않을 수가 없었다. 그때마다 화가 치밀어오르긴 했지만, 아무리 그래도 멀쩡한 슬리퍼를 내다 버릴 수도 없고 팔거나 남 주기도 뭣해서 마르고 닳도록 신게 되었다.

그렇게 이 편하지만 불편한 슬리퍼를 2년 이상 신은 것 같은데, 문득 다시 보니 앞이 걸릴 때마다 크게 젖혀진 탓에 양쪽 다 갈라져 있었다. 마침내 교체해도 괜찮을 시기가 온 것이다. 여기저기 검색해 보니, 비슷한 슬리퍼가 '구름' '마카롱' '모찌' 따위의 수식어를 달고 제법 많이 팔리고 있었다. 반갑기만 한 일은 아니었다. 어디 한두 군데에서만 판다면 큰 고민 없이 평 좋고 싼 것을 사면 그만일 텐데, 모든 쇼핑몰에서 수많은 이름으로 비슷한 것들이 팔리니 고르는 것도 일이었다. 막상 여기서 사면 좋겠다고 생각하고 마음속으로 사이즈와 색을 정하고 주문하려고 보니 밝은 색은 여성용, 어두운 색은 남성용만 나오는 곳도 많았다. 90년대식 아동복 색깔도 아니고 이게 무슨 짓이란 말인가?

한참 고심하고 헤맨 끝에 간신히 EVA 재질에 사이즈도 맞고 가격도 적당한 슬리퍼를 두 켤레 주문할 수 있었다. 이제 앞으로 3년쯤 슬리퍼 고민은 안 하겠구나 싶어 어깨가 가벼워진 기분마저 들었다. 그런데 도착한 슬리퍼를 신어 보니, 아뿔싸, 사이즈가 맞지 않았다. 그간 신던 슬리퍼가 커서 문제였기에 딱 맞는 사이즈를 시켰더니 이번엔 발등이 너무 끼는 것이었다.

에라 모르겠다, 대충 신지 뭐……라고 넘어가기엔 중대한 문제였다. 곰곰이 생각해 보면 어머니와 나는 집에서 생활하는 시간이 긴 만큼 외출용 신발보다 실내용 슬리퍼가 더 중요하다고 해도 그리 허황된 말은 아니다. 게다가 실내 슬리퍼라는 물건은 요철이랄 게 없는 환경에서만 제한적으로 신고 다니니 닳거나 찢어지려면 몇 년이 걸릴지 기약이 없다. 그렇다고 외출용 신발처럼 코디 따라, 기분 따라 갈아신기도 뭣하니 한 번의 선택이 몇 년을 좌우하는 셈이었다. 고작 몇천 원 하는 물건 대충 쓰지 굳이 자꾸 이거저거 따질 필요 있나…… 같은 가벼운 생각으로 다룰 수 없는 게 바로 실내 슬리퍼였다.

고심 끝에 슬리퍼 값과 비근한 택배비를 물고 맞지 않는 슬리퍼들을 반품 처리했다. 직접 매장에서 신어 봤다면 결코 일어나지 않았을 일이라 분통터지는 노릇이었지만 전부 내 잘못이니 어쩌겠는가? 그래서 어머니는 아직 신을 만한 EVA 슬리퍼를 계속 신기로 했고, 나는 어머니가 다이소에서 사 온 저렴한 슬리퍼를 신으려 했다가…… 딱딱한 게 도무지 익숙해질 것 같지 않아서 포기하고 얼마 전에 화장실에서 쓰려고 산 슬리퍼와 바꾸어 신게 되었다. 얇긴 하지만 이것도 재질은 EVA인 듯, 그럭저럭 발은 편해서 감수할 만했다.

잠깐 새는 얘기로, 화장실에서 신을 슬리퍼가 가져야 할 최고의 덕목은 역시 미끄럼 방지다. 건식 화장실이 아니라면 화장실 바닥은 재질이 어떻든 미끄러워지기 일쑤라, 슬리퍼가 발디딤을 단단히 잡아 줘야 마음이 놓인다. 형태는 그다음인데, 기왕이면 바닥에 구멍이 나 있어 건조가 아주 빨라야 급히 화장실에 들어갔다가 양말이 젖어 곤란한 경우를 피할 수 있다.

추가로 좌우 구분이 없어야 대충 아무 쪽이나 끌어다 신기에 편하다. 이번에 화장실 슬리퍼를 좌우 구분이 있는 것으로 바꾸게 된 후에 깨달은 부분인데, 사람이 화장실에 들어갈 때와 나올 때 발 방향이 반대이기 때문에 슬리퍼의 좌우가 다르면 들어갈 때마다 왼발로는 대각선 앞의 오른쪽 슬리퍼를, 오른발로는 왼쪽 슬리퍼를 신어야 한다. 이러려면 몸을 크게 돌리든지 슬리퍼 둘을 한꺼번에 발로 밀어서 방향을 맞춰야 하는데, 이게 알게 모르게 귀찮은 과정이다. 이런 귀찮음을 극복하려는 시도가 극에 달한 제품으로 좌우는 물론이고 앞뒤조차 구분이 없는 화장실 슬리퍼도 본 적이 있다. 세면대 따위에서 발등으로 물이 떨어지는 걸 전혀 막아 주지 못하긴 하지만, 친구 집에서 신어 보니 인간 세계의 기술이 아닌 듯이 간편하긴 했다. 집 근처에서 팔았다면 샀을 텐데, 아쉽기 그지없다.

다시 이야기를 되돌려서, 그렇게 우리집 슬리퍼 문제는 완전히 해결되진 않았지만 큰 불만은 없는 상태로 멈춰 있게 되었다. 인생에서 100퍼센트 만족스러운 상태는 찾기 어려운 법이니 적당히 만족하고 사는 게 맞는 것이라고 생각하면 그런 것 같기도 한데, 비용이 아깝다는 이유로 가장 나은 해결책을 찾지 않고 있다고 생각하면 또 멍청하고 어리석은 삶을 사는 것 같기도 하다. 그리하여 어머니나 나 둘 중 누구든 먼저 고속터미널에 가는 사람이 슬리퍼를 직접 보고 사되, 그 시간을 굳이 앞당기지는 않는 정도로 정하기로 했다.

덧붙여 예전에 신던 내 EVA 슬리퍼는 어찌되었는가 얘기하지 않을 수 없겠다. 새 슬리퍼를 받는 대로 버리려던 계획이 무산되어 일단 방 안에 처박아 놓았다가…… 홧김에 실리콘 접착제와 테이프와 스테이플러 따위로 고치는 데에 성공하고 말았다. 고쳐서 신으려고 작정한 것은 아니고, 줄곧 EVA 신발을 신을 테니 효과적으로 수리할 방법을 미리 찾아놓으면 좋겠다 싶어서 해 본 실험이 성공한 것이다. 기쁜 한편으로 이게 들키면 새 슬리퍼를 살 명분이 영영 사라질 테니 두렵기도 하다. 이게 살려 내선 안 되는 존재를 살려 낸 미치광이 과학자의 심정일까……. 새 슬리퍼를 들이

는대로 이 녀석은 처분해야겠다. 내 발에 꼭 맞는 슬리퍼를 찾는 일이 이렇게까지 힘들 줄 알았더라면 처음부터 슬리퍼 따위 신지 않았을 텐데.

◇ 새로 나온 책 빌릴까 살까
난리블루스

대체 요즘 세상에 책을 누가 보냐는 말을 부모님 입으로도 듣고 유명 작가 입으로도 듣고 듣고 듣고 또 듣고 허허로운 심정으로 살면서도 어쨌거나 책 써서 팔기를 과업으로 삼고 있는데, 책을 쓰자니 당연히 책을 이것저것 보지 않을 수가 없다. 자연히 책값도 만만치 않아서 걱정이다. 심지어 지금은 책을 낸 지 한참 지난 뒤라서 책으로 들어오는 돈보다 나가는 돈이 많으니, 과연 내게 책을 쓸 자격이 있기나 한 것인지 회의감이 들기도 한다. 배워 먹은 도둑질이 이런 것뿐이라 그만두지 않고 있긴 하지만.

그나마 다행인 것이라면 책은 도서관에서 빌릴 수도 있다는 점일까? 하지만 도서관이 코앞에 있는 것도 아니라 한 번 다녀오려면 한 시간은 소모할 각오를 해야 한다. 자전거 같은 교통수단을 이용해서 전속력으로 갔다와도 30분은 걸리고, 간 김에 다른 책도 좀 볼까…… 따위 생각을 했다간 30분은 너끈히 추가되고 만다. 그래서 물리적 도서관에 종이책을 빌리러 간다는 것은 온라인 주문이라는 최후의 선택 바로 전으로 미뤄 두고 싶다.

그럼 책을 도서관에 가서 빌리는 것과 인터넷 서점에 주문하는 것 말고는 어떤 선택지들을 고려하게 되는가? 요즘 책 한 권 사는 것도 어째 넌더리 난다는 생각이 들어서 여기 정리해 보기로 했다.

일단 마음에 드는 책이 나왔다는 소식을 접했다고 가정하자. 일부 만화나 웹콘텐츠를 제외하면 종이책이 가장 먼저 나오기 마련인데, 나처럼 짐도 줄이고 돈도 아껴야 해서 전자책을 선호하는 사람은 전자책 출간 알림을 신청하고 또다시 하염없이 기다려야 한다. 이때 특히 주의해야 할 점이, 어떤 책은 아무리 기다려도 전자책이 나오지 않는다는 것이다. 정확히 어떤 책이 전자책으로 안 나온다고 집어서 얘기할 수는 없지만, 그런 느낌을 주는 것들이 있다. 책의 종류보다는 출판사에 따라 좌우되는 경향이 더 강한 것 같다. 예를 들어 문학동네에서 나온 레이먼드 카버의《대성당》

같은 책은 아무리 찾아도 전자책이 없어서 종이책을 구입하지 않을 수가 없었다. 나로서는 원망스러워 속이 쓰리지만…… 각자의 사정이 있겠지요.

《대성당》처럼 전자책이 안 나올 것 같다는 의심이 들 때면 나는 그 출판사의 출간 목록 중 요즘 낸 책이 전자책으로 다시 나오는 데까지 몇 달이 걸렸는지를 확인해 본다. 더 기다릴지 말지는 대체로 여기서 결정된다. 바로 종이책을 사기로 작정했다면 인터넷 서점에 할인쿠폰이 쌓여 있는지 알아보고, 쿠폰이 많으면 인터넷 서점에, 없다면 동네 서점에 주문한다.

출간된 지 좀 된 책을 찾아볼 경우에는 검토할 사항이 아주 많아진다. 일단 전자책 구독 서비스에 들어가서 그 책이 있나 확인해야 한다. 나는 밀리의 서재를 구독 중이라 밀리의 서재에 책이 있다면 거기서 빌리고 끝이다. 하지만 없다면 이제 다른 전자도서관을 찾으러 다녀야 한다. 서울도서관과 지역도서관 몇 곳을 각각 다른 앱으로 열어서 하나하나 검색해 봐야 하는 것이다. 전자도서관을 이용하려고 이리저리 궁리해 본 사람은 알 텐데, 어째서인지 지역 도서관의 전자도서관이라는 게 교보문고 앱으로 되는 경우도 있고 알라딘이나 예스24로 되는 경우도 있으며 북큐브 앱으로 되는 경우도 있다. 심지어 하나의 지역도서관에서 두 가지 앱을 다 쓰는 경우도 있는 데다, 한 회사의 전자도서관 앱도 구판 신판이 나뉘어 있고, 몇몇 큰 지자체 전자도서관은 책마다 동시 대여 숫자가 한정된 일반형과 사람마다 기간별 대여 숫자가 한정된 구독형이 분리되어 별도로 관리되는 것 같다. 이 복잡한 전자도서관 상황을 명쾌하게 정리해서 설명해 줄 수 있는 사람이 있기나 할까? 아무튼 이렇게 미로 같은 전자도서관들을 서너 곳만 뒤적여도 진이 빠지기 마련이다. 특히 뒤져 볼 수 있는 곳을 다 뒤져 봤는데도 구하는 책이 없을 때, 그런데 어느 고급 아파트에서 운영하는 전자도서관에는 있는 것을 봤을 때의 탈력감은 이루 말하기 힘들 지경이다.

전자도서관까지 다 돌고도 전자책을 구하지 못했다면 이제는 온라인 서점에서 전자책을 구입할 것인지, 아니면 종이책을 빌릴지 고민해야 할 차례다.

보통 무슨 일이 있어도 책을 지금 당장 봐야 하는 경우는 드물어서 종이책을 빌리기로 하는 게 합리적이긴 하다. 그런데 나는 여기서도 선택지가 셋이나 된다. 매일같이 지나는 산책로에 있는 스마트 도서관에 갈 것인가, 약간 가까운 어린이도서관에 갈 것인가, 아니면 약간 먼 구립도서관에 갈 것인가……. 처음부터 책이 가장 많은 구립도서관에 가기로 작정하면 품을 더 들일 이유도 없다. 그런데 멀리까지 가기 귀찮다는 이유로 스마트 도서관과 어린이도서관을 모두 검색해 보곤 한다. 그리고 십중팔구 책이 없어서 실망한다. 규모가 작은 도서관은 많이 빌려 갈 만한 책부터 들여놓기 마련이니까, 나처럼 이것저것 아무거나 찾는 사람이 원하는 바를 이루기란 어려울 수밖에 없는 것이다. 애초에 희망을 버리고 산책 삼아 먼 도서관까지 갔다 오기로 작정하면 좋을 텐데, 목적을 갖고 멀리 걸어가기란 어째서 이렇게나 힘든 것일까?

전자책 구입하기는 책을 빌리러 가는 것에 비해 간편할 것 같지만, 이게 또 그렇게 간단한 일은 아니다. 인터넷 쇼핑의 구렁텅이가 함정처럼 입을 벌리고 있기 때문이다. 나는 리디북스, 알라딘, 예스24를 주로 이용하고 있는데, 앱이 가장 잘 갖춰진 것은 예전부터 리디북스였다. 그래서 가급적 리디북스로 통일하고 싶긴 하다. 그런데 다른 서점 앱들도 많이 개선되어 이제 딱히 아쉬운 게 없는 데다, 주기적으로 쿠폰을 받기 좋은 것은 알라딘과 예스24라서 고민 끝에 알라딘에 갈 때가 많다.

다만 알라딘을 이용하기로 작정하고도 넘어야 할 산이 적지 않다. 일단 앱을 열어서 쿠폰을 받고, 진행 중인 이벤트가 있으면 참여해서 쿠폰을 더 받는다.

그런 다음에는 브라우저를 통해서 다시 알라딘에 들어가야 한다. 요즘(2023년 4월)은 앱에서 전자책을 구입할 때 반드시 충전된 캐시를 사용해야 하는데, 그대로 앱에서 충전하면 구글과 애플에 거액의 수수료를 떼어 줘야 하기 때문이다. 그렇다면 애초에 브라우저로만 처리하면 될 게 아니냐고? 앱으로 들어가야만 받을 수 있는 쿠폰이 많다. 아이고 맙소사.

　　장바구니에 담고 결제하는 지점까지 갔다고 해서 안심할 일도 아니다. 요즘 온라인 쇼핑이 다 그렇듯이 할인 혜택을 누리기가 여간 번거롭지 않다. 나는 책을 많이 사니까 C사 문화상품권을 사서 충전해 놓곤 하는데, 이걸 쓰려면 C사 앱을 열어야 할 때가 잦다. 그런데 근래에 들어 C사 보안이 점점 엄중해진 탓에 실행이 아주 어렵다. 광고차단용 VPN도 거부하고, 미러링 앱도 거부한다. 성질나서 브라우저로 들어가도 아주 약간 나아질 뿐인 데다, 여차하면 무슨 보안을 추가하라고 권해대서 머리에 쥐가 날 지경이다. 결국은 C사 앱에 충전한 돈을 다 써 버리고 B사 상품권을 쓰기로 작정했는데 이것도 빼어나게 쾌적한 느낌은 아니다. 최근에는 몇 퍼센트를 할인해 준다는 P사 카드까지 이용하기 시작한지라 포인트를 쓸 때마다 앱을 열어 일회용 아이디와 비밀번호를 복사하고 브라우저에 돌아와 붙여 넣은 다음 잔액을 확인하고 포인트를 얼마 쓸 것인지 입력해야 하는데, 이때 내가 할인된 책값을 기억하지 못하고 있다면 입력창을 닫고 쓸 돈을 다시 확인한 뒤에 카드 포인트를 쓰겠다고 해서 일회용 아이디와 비밀번호를 다시 입력해야 한다. 그런데 이 과정에서 포인트가 모자란 것을 확인해 다시 충전하러 가게 되면, 돌아왔을 때 브라우저가 리프레시 되어 입력한 정보가 다 날아가 있거나 일회용 아이디와 비번의 유효 시간이 끝나 있기도 하다.

요즘은 자기네 앱을 경유해서 쇼핑을 하면 캐시를 얼마씩 돌려준다는 서비스까지 있어 고민할 게 더 늘었는데, 이것까지 하면 정말이지 미쳐 버릴 것 같아서 포기하게 되었다. 아무튼 이런 식으로 오만 가지 사항을 고려하며 책을 어디서 빌릴까 말까 어디서 살까 말까, 무슨 포인트를 어떻게 쓸까 머리를 쥐어뜯고 시간을 쓰자면 그야말로 넌더리가 난다. 과정이 순탄치 않으면 이삼십 분은 아주 우습게 지나간다. 그러면 또 시간에 대한 본전 생각이 나기 마련이다. 최저 시급을 생각해도 속이 개운치 않다. 이게 그 정도로 가치 있는 고민이었나 싶은 것이다.

요즘은 어떤지 모르겠는데, 옛날에는 용산의 전자상가 안을 몇 걸음만 걸어도 사방에서 뭘 찾느냐, 여기서 보고 가라는 식으로 무수히 많은 상인들의 호객을 듣고 못 들은 척 지나야 했다. 책을 살까 빌릴까 고민하면서도 그 비슷한 느낌을 받는다. 사실 더 심각한 지경이다. 상인들이 하는 말이 솔깃해서 들어 봐야 하는 경우라고 할까? 아무튼 책을 빌리러 가는 길도 온갖 복잡한 정책적 사정이 얽혀 있는 듯하고, 사러 가는 길에도 수많은 기업들이 나서서 자기에게 현금을 맡겨 놓든지 트래픽을 올려 주면 할인을 해 주겠다는 유혹을 늘어놓아 도통 순탄치가 않다.

책 한 권 읽기가 이렇게 힘들다. 내가 좋아하는 작가의 책이 나올 때마다 자동으로 전자책을 보내 주고 약간 할인된 금액을 빼가는 서비스가 나오면 속이 시원하겠다는 망상도 해 보는데, 그 정도로 진보한 시스템이 들어서는 것보다는 기후위기로 종이책 생산이 금지되는 게 더 빠를 것 같다. 어쨌거나 '광고는 빈자의 세금'이라는 말의 맥락대로 돈이 없는 자는 똑똑한 소비라는 환상 속에 쳐진 자본주의적 함정에 걸려 난리블루스를 출 수밖에 없는 운명인 것이다.

---

*추신: 나중에 찾아보니 《대성당》도 전자책이 나왔더군요.

◇　식당 앞의 메뉴판 염탐자

박찬욱 감독의 영화 〈아가씨〉를 보면 사기꾼이 자신은 돈 자체보다는 레스토랑에서 와인을 시킬 때 가격을 보지 않을 수 있는 여유를 갈구한다는 내용이 나온다. 이 대사를 보고 이만저만 감탄하지 않았는데, 나도 그런 소망을 품을 만한 습성이 있기 때문이다.

　　그 습성이란 다름 아닌 '음식점을 고를 때 바깥이나 인터넷에 가격표가 없으면 들어가지 못한다는 것'이다. 그래서 들어오라는 초대를 받지 않으면 집 안으로 들어갈 수 없는 고전적 뱀파이어처럼 문 밖에서 기웃거리며 벽에 걸린 메뉴판이 보이지 않을까 안쪽을 엿보게 된다. 딱히 죄를 짓는 것도 아니면서 가게 안의 사람들과 눈이 마주칠까 먼 발치에서 눈을 찡그리고 엿볼 때도 있다.

당연하게도 그런 짓을 하고 있으면 기분이 그리 유쾌하지 않은데, 사실 가게 쪽도 저렴한 가격이 장점이라고 생각하면 값을 잘 보이는 곳에 붙이든 메뉴판을 내놓든 하기 때문에 그렇게 기웃거려 봤자 십중팔구 발길을 돌리게 되어 있다. 그러자면 나는 루벤스의 그림을 보지 못하고 쫓겨난 네로 같은 심정을 맛보곤 하는 것이다. 얼어죽는 운명보다야 훨씬 낫긴 하지만……

까짓거 뭐 얼마나 한다고 그걸 못 들어가냐고 생각하는 사람도 있을지 모르겠는데, 예전에 우리 가족이 6만 원을 예상하고 간 대게집에서 얼떨떨한 기분으로 16만 원이라는 대지출을 하는 걸 목도한 이후로 '까짓거 뭐 얼마나 하겠어.'라는, 순진무구하기 짝이 없는 생각은 머릿속에서 완전히 지워 버렸다. 확실한 정보 없이 전쟁터에 나갔다간 영혼에 상처를 입을 수 있음을 깨달은 것이다.

그런고로 식사를 할 때는 뭘 얼마에 파는지 최대한 알아보고 들어가려 하는데, 사무실이 많은 지역에서는 특히 값을 알아보는 데 상당히 애를 먹게 된다. 젊은이들이 많은 대학가 등지와 비교하면 영 편치 않다. 대학가는 500원의 차이에도 상당한 경쟁력이 발생하는 곳이라 가격을 잘 보이게 해 놓든지, 아니면 무턱대고 들어가도 딱히 근심스러울 가격은 아니었던 것 같은데⋯⋯ 역시 사회란 무서운 곳이고, 먹고사는 일이 쉬운 게 하나 없는 모양이다.

예전에 하루 한 끼에 딱 천 원어치 더 고급스러운 식사를 하면 어떨지 진지하게 계산해 본 적이 있다. 예를 들어 짜장면 대신 볶음밥을 먹는 식이다. 한 달에 서른 끼 정도를 먹는다고 가정하면 당연히 3만 원의 추가 지출이 발생한다. 일 년 내내 이 수준을 유지하면 36만 원이 더 나간다. 흉악한 지출이라고 할 수는 없다. 고작 그걸 아껴서 그럭저럭 목돈이라고 할 수 있을 만한 돈을 모으는 것보다 알파고가 인류를 지배하는 게 더 빠를 것이다.

그러니 식사 수준을 높여서 조금이라도 더 맛있는 것을 먹는 것이 삶의 질을 간단히 높일 수 있는 방법이리라. 월 3만 원짜리 식생활 업그레이드 패키지 서비스 구독이라고 생각하면 나쁘지 않은 것 같기도 하다. 그러나 그게 그리 쉽지도 않은 것이, 취미를 위해서든 창작을 위해서든 이런저런 문화생활은 해야 하는데 돈은 한정되어 있으니 끌어올 예산으로 식비를 고를 수밖에 없기 때문이다.

사실 이런 돌려막기가 하루이틀 일도 아니다. 먼 과거부터 원하는 걸 갖기 위해 손쉽게 선택한 것이 바로 식비 줄이기였다. 그때는 정말 줄일 게 전혀 없었으니 당연하다면 당연한 일이었다. 어차피 체중 감량을 위해 먹을 걸 줄여야 할 때도 많았던지라 어찌 보면 아주 합리적인 소비이기도 했다. 그리하여 어릴 적 예산 편성 방식이 이 나이 먹도록 이어졌고, 그 결과 음식점 앞에서 기웃거리며 가격표를 염탐하는 수상한 남자가 탄생하고 만 것이다.

그런데 이렇게 뼛속까지 스며든 습성이 혼자 있을 때면 그럭저럭 도움이 되지만 타인과 식사를 할 때면 아무래도 부끄러워진다. 혼자서만 메뉴판에서 먹고 싶은 음식이 아니라 저렴한 음식을 찾는 것 같아 쓸쓸하기도 하고, 성인으로서 온당하지 않은 삶을 사는 것 같아 괴롭기도 하다. 누가 뭐라고 하는 게 아닌데도 이런 느낌을 받는 것은 분명 자격지심이라고밖에 설명할 수 없는 것 같아서 한번은 독서 모임 뒤풀이에서 '자, 그럼 제일 싼 걸 먹을까요?' 하고 반농담을 던짐으로써 이를 극복해 보려고 한 적도 있는데, 안타깝게도 아무도 맞장구쳐 주지 않아서 그만두고 말았다. 부끄러움을 유쾌한 방식으로 드러내고 스스로 수용하기가 그리 쉬운 일이 아니다.

가끔은 이런 궁상스러운 짓을 집어치우고 먹을 거나 잘 먹고 다니는 게 옳지 않은가, 사는 데에 아무 짝에도 쓸모없는 것들을 즐기자고 식비를 줄인다는 것은 정말 어리석은 짓이 아닌가 싶을 때도 있다. 하지만 인간의 문화란 항상 그 쓸모없는 부분을 즐기는 방향으로 발달해 왔고, 나는 그중에서도 글짓기라는, 특히 쓸모없는 부분에 종사하는 사람으로 자신을 규정해 왔다. 그러니 맛있는 밥을 먹자고 문화생활을 포기하는 것은 좀 과장하면 자신의 정체성에 반하는 일이 되고 만다. 물론 둘 중 하나만 골라야만 하는 것도 아닌 만큼 문화생활도 하고 맛있는 밥도 잘 챙겨 먹는 것이 가장 나은 선택지일 텐데, 그런 선택이란 누구에게도 공짜로 주어지지 않으니 그때그때 적절한 재정적 타협점이나 정신적 균형점을 찾으며 사는 법을 익힐 수밖에 없다.

다만 그런 균형 잡기의 여정에 메뉴판 염탐하기가 항상 끼어 있을지도 모른다고 생각하면 상당히 우울해지는데, 음식점들은 제발 가격표를 찾기 쉬운 곳에 게시해 줄 수 없으실지요?

◇   돌리면 커피와 금은보화가 나오는
　　　맷돌

몇 달 전, 어머니의 생신을 기념하여 네스프레소 캡슐
커피 머신을 들였다. 그로써 원두 커피와 이를 내리는
갖가지 방법들에 대한 검토는 막을 내리고, 간편하게
현대의 진보한 커피 문화를 즐기게 될 것이었다. 캡슐
을 넣고 버튼을 누르고 끝. 이보다 직관적이고 단순하
게 맛을 보장해 주는 방식이 또 있을까?

　　……라고 생각했는데, 캡슐 커피 머신을 써 보니,
참으로 안타깝게도 일이 그렇게 손쉽게 해결되진 않
았다. 일단 커피 양이 적다! 평소에 350밀리 정도를 정
량으로 생각하고 마시는데, 캡슐로 내린 커피는 그 반
이 되지 않는다. 그렇다고 물을 더 타면 맛이 애매해지
고. 자본주의의 총아 코스트코의 6종 캡슐 세트에서

'Deciso'는 물을 양껏 타도 그럭저럭 괜찮다는 사실을 발견하긴 했으나, 그마저도 내가 즐겨 마시는 맛보다 산미가 강해서 식을 때까지 천천히 마시다 보면 어쩐지 좀 잘못 시킨 음료를 억지로 마시는 듯한 기분이 된다.

요컨대 내 몸에 꼭 맞는 캡슐과 희석 비율을 찾아서 머나먼 길을 떠나야 한다는 뜻이다. 신비롭고 향기로운 커피의 세계! 천변만화하는 맛의 도가니탕! 이렇게 써 놓으면 느긋하게 즐겨 보고 싶은 멋진 문화의 정수 같지만, 간편하게 쓰자고 들인 기기로 새 취향을 찾느라 몇 날 며칠 별별 연구를 다 해야 한다고 생각하면 그닥 반갑지 않다. 커피란 카페인 때문에 연거푸 호로록 마실 수도 없는 음료인 데다 한 잔당 가격도 웃어넘길 수 없으니 더욱 그렇다. 여러 맛을 다 즐기면서 자기 맛을 찾아가는 것 아니겠냐고 생각하기엔 시간과 비용이 너무 부담스럽다.

그리하여 캡슐 커피는 긴급 카페인 보급용으로만 쓰고 아침의 정신 부팅용 방탄 커피는 그동안 먹던 대로 원두를 핸드밀로 갈아서 수동 에스프레소 추출기인 카플라노 컴프레소로 내려 먹기로 정했다. 그런데 당연하게도, 이 과정은 은근히 귀찮다. 특히 피곤한 것은 원두를 핸드밀로 가는 과정인데, 믹서 형태의 전

동 그라인더로는 에스프레소를 위한 고운 입자가 도
저히 나오지 않아서(입자가 굵으면 압력이 높아지지
않는다) 구입한 하리오 핸드밀(약 3만 원)을 열심히
약 200바퀴쯤 돌리고 있자면 땀이 배고 팔이 아플 지
경이다. 운동 시늉은 하고 사는 내가 이 지경이니 노약
자에겐 도저히 권장할 수 없는 활동이다. 떠오르는 아
침 햇살을 바라보며 쟁기로 밭을 가는 기분이라면 약
간 과장이지만, 아무튼 이 활동이 피트니스의 영역에
한 발 걸치고 있다는 것만은 확실하다.

　　그래도 수동이 그렇지 뭐, 운동도 되고 좋지……
라고 생각하며 몇 달을 그대로 지냈는데, 최근에 크라
우드 펀딩 사이트에서 썩 훌륭한 핸드밀을 7만 원 정
도에 파는 것을 발견했다. 브랜드도 유명하고 설명도
제법 믿을 만했다. 두 손가락으로도 충분히 돌릴 정도
로 매끄럽다는 설명까지는 믿을 수 없었지만(에스프
레소 굵기로 갈면서 그게 가능하면 현대 기계공학의
쾌거일 것이다) 그렇게 자랑할 정도라면 적어도 지금
쓰는 세라믹 방식보다는 확실히 잘 갈릴 거라고 미루
어 짐작할 수 있었다.

　　게다가 원래는 10만 원 넘게 받을 물건을 기간 한
정으로 싸게 판다는 말에 홀랑 넘어가서 펀딩에 참여
했는데…… 커피를 한 번 더 내리면서 천천히 생각해

보자니 마음이 아무래도 편치 않았다.

어디서 본 적도 없는 브랜드가 아닌 만큼 품질은 믿어도 좋을 것 같긴 했으나, 이미 많은 사람들이 써 보고 좋다고 후기를 남긴 제품들 만큼 믿을 수야 없었다. 그런데 7만 원이라면 실패해도 '어쩔 수 없지 뭐! 교훈 삼아야지.' 하고 웃어넘기기엔 적잖이 뼈아픈 금액이고, 나중에 좀 싸게 팔아 치우면 된다고 생각하니 품질도 안 좋은 것을 남에게 떠넘기는 것 같아 개운치 않다.

그럼 그냥 성능이 보장된 핸드밀을 10만 원쯤 주고 들이는 건 어떨까? 7만 원에서 10만 원으로 지출이 는다고 생각하면 손발이 떨리지만, 성능이 완벽히 보장된 제품이라면 두고두고 쓰며 행복할지도 모른다. 요즘 흔히 말하는 '가심비'에서는 나을지도 모른다.

그리하여 나는 10만 원짜리 핸드밀을 기웃거리기에 이른다. 기가 막힌 조형과 아름답게 커팅된 스테인리스 날에 공학적 황홀함을 느낀다. 그러나 가격을 보면 역시 정신이 번쩍 든다. 저렴한 핸드밀로 에스프레소가 안 나오는 것도 아닌데 이런 고급품을 사는 게 가당키나 하단 말인가? 에스프레소를 그대로 마시는 것도 아니고 커피 맛에 통달한 커피 마스터도 아닌 내가 1킬로에 8천 원짜리 원두 커피를 내리는 도구에 이 만큼 투자하는 건 온당한 일인가? 온당하고 온당하지 않고를 떠나서, 뭘로 갈든 차이를 느끼지 못하면 어쩌지?

다시 7만 원짜리 펀딩을 본다. 10만 원에 비하면 합리적인 것 같다가도 내가 아예 품질의 차이를 체감할 수 없을지도 모른다는 생각을 하고 보니 또 그렇지만도 않다. 지금이 아니면 구할 수 없을지도 모른다는 초조함이 나를 조종하고 있기도 했다. 만약 내가 '기간 한정'에 구애되지 않고 언제든 7만 원에 괜찮은 핸드밀을 구입할 수 있게 된다고 가정하자. 그렇다면 나는 망설이지 않고 구입할까? ……그럴 수는 없었다.

결국 나는 펀딩을 취소하고, 핸드밀을 좋은 것으로 바꾸길 포기했다. 세상은 넓고 살 것은 많지만, 핸드밀의 우선순위는 그렇게까지 높지 않으며, 내가 그 우선순위를 거꾸로 타고 내려갈 정도로 여유로운 것도 아니다. 기술이란 필요성이 어느 정도를 넘지 않으면 발전하지 않는 법이라는데, 이 경우가 바로 그렇다. 좋은 핸드밀을 쓰지 않는다고 부상을 당하거나 시간을 크게 손해 보는 일도 없다. 그러니 힘 닿는 데까지 저렴한 핸드밀을 돌릴 수밖에 없는 것이다.

앞으로도 나는 매일 아침 세상을 밝히는 태양의 축복 속에서 무거운 핸드밀 손잡이를 돌리며 생각할 것이다. 이건 돌릴 때마다 커피와 함께 금은보화가 쏟아져 나오는 맷돌이라고…….

◇ 써야 하는 돈이 보여준 동네

재난지원금을 받자마자 안경을 바꿨다. 나는 심각한 수준의 고도근시라서 안경 한 번 바꾸는 데에도 만만치 않은 재정적 각오를 해야 하는데, 스미듯이 찾아오는 시력 악화에 당장 쓰고 있는 안경을 바꾸지는 않게 되는 법이라 그때까지 그냥 대충 살았던 것이다. 그리고 다음 지원금이 나오자마자 어머니가 내 카드를 빌려 치과에 가시더니 시린 곳 두 군데를 레진으로 때우고 스케일링을 한 뒤 족발을 사 왔다. 사람들이 지원금을 받으면 '적당히 참고 살아도 안 죽는 것'에 돈을 쓴다더니, 우리집이 딱 그랬던 셈이다.

　이 사실을 절실히 느끼고 나니 영 쓸쓸한 심정이었다. 안경도 제때 바꾸면 잘 안 보일 일 없이 편안하고 이도 제때 치료하면 시릴 일이 없거나 치료를 더 간단히 할 수 있었을 텐데, 25만 원이 없거나 25만 원을 쓰고도 죄책감을 느끼지 않을 만한 여유가 없거나, 혹은 그냥 참는 게 습관이 되어 대충 버티고들 살았던 것이다.

한편 나는 재난지원금이 나온 날 저녁에 러닝을 하러 나갔다. 집을 나서자마자 비가 추적추적 쏟아졌다. 돌아서자니 개운치 않고 맞으며 뛰자니 부담스러운 비였다. 나는 결국 우산을 쓰고 뛰는 것도 아니고 빠르게 걷는 것도 아닌 애매한 운동을 개시했다. 적당히 이겨 낼 수 없는 것은 아니지만 그러자면 영혼 곳곳에 스며드는 일상의 고통처럼 느껴지는 비였다. 나는 친구 둘이서 집 사서 같이 사는 것도 그럭저럭 괜찮다는 내용의 팟캐스트를 들으며 두어 바퀴를 뛰다가 걷다가, 타인의 소소한 행복이 너무나 멀고도 아름다워보여 마음이 지친 나머지 운동을 그만두었다.

그런데 그대로 돌아가자니 아무래도 울적하고 나온 보람도 없는 것 같아서, 기왕 나온 거 동네 빵집에 갔다. 검색해 보니 생긴 지 3년도 넘었다는데 여태 한 번을 가지 않은 곳이었다. 빵을 반쯤 주식으로 삼을 정도면서 왜 동네 빵집을 가지 않았느냐? 물론 돈 때문이다. 대형 할인매장에서 잔뜩 사서 쟁인 빵만 먹으니 눈을 돌릴 여유가 없었다. 끼니만 해치우면 편하고 싼 게 제일이라는 식으로 밥 하나 국 하나만 계속 먹었다고 해야 할까.

하지만 나는 공돈을 갖고도 빵집 앞에서 한참 시간을 보냈다. 이 빵집 평판이 어떤지 메뉴가 어떤지 찾아봐야 했던 탓이다. 실패하지 않으려는 오랜 습관을 떨쳐내지 못한 셈인데, 크게 열린 문 앞에서 우산을 들고 애매하게 시간을 죽이는 것도 할 짓이 아니다 싶어 그만 들어갔다. 주인은 과장 없이 적당한 반가움을 담아 인사했고, 나는 밥으로 먹을 만한 메뉴를 찾아봤다. 애초에 작은 가게라 빵은 딱 대여섯 가지였다. 나는 어제 팔고 남은 빵을 포함해서 빵 세 덩이를 골랐다. 값은 만 원 정도. 순간 비싸다는 생각이 들었지만 금방 지워버릴 수 있었다. 그럴 수도 있지, 아무렴 어떠랴. 빵은 다음 날 점심부터 이틀을 먹었고, 다음부터 가끔 사 먹어도 괜찮겠다 싶었다.

재난지원금이 막 나눠지기 시작했을 때, 인터넷에서 돈 쓸 곳이 없다고 욕하는 사람들을 욕하는 글을 봤다. 돈 쓸 곳이 없다는 사람들은 인터넷, 대형 마트, 프랜차이즈에서 재난지원금을 받지 않는다고 불평했고, 이들을 비난하는 사람들은 동네에 소규모 점포가 많은데 그걸 찾지 않는 게으름을 개탄했다. 내가 보기엔 둘 다 잘못된 소리가 아닌데, 종합하자면 우리가 간편하게 대기업 상품 사는 데에 무섭도록 길들여져 있었다는 뜻이다. 하지만 이게 게을러서는 아닌 것 같다. 하루 한 번 설거지 하기도 힘든 사람들이 널려 있는 시대인데, 느긋하게 걸어다니며 새 점포도 구경하고 맛이 어떨지 예상하기 힘든 음식도 시험 삼아 사 먹는 여유를 부릴 수 있을 턱이 없지 않은가.

지원금을 받고 며칠 지난 금요일에는 피로와 고민이 심했다. 모기 때문에 잠을 설쳐 몸이 아주 괴로웠고, 소설에 써먹을 적당한 설정이 떠오르지 않아서 돌아가지 않는 머리를 학대해야 했다. 그러다 어느 순간 도저히 못 참겠다는 생각이 들어 가방을 들고 집을 뛰쳐나왔다. 걷다 보면 뭐가 생각날 때도 있고, 생각은 나지 않더라도 기분은 좀 나아지기 때문이다.

시장으로 몇 걸음 걸으려다 문득 동네 서점 생각이 났다. 얼마 전에 근처에 작디작은 서점이 하나 생겼는데, 책 한 권 산 뒤로 안 간 지가 제법 되었다. 찾는 책이 거기 없더라도 입고를 요청하면 곧 살 수 있고, 재난지원금도 쓸 수 있다는 걸 알면서도 전자책과 도서관을 애용하는 습성 때문에 선뜻 갈 수 없었는데, 이번 기회에 가야겠다는 생각이 들었다. 걷는 것도 좋지만 좋아하는 물건이 있는 공간에서 잠시라도 시간을 보내고 타인과 간단한 말 두어 마디라도 해야겠다 싶었다.

　닫혀 있을 때가 많았던 서점은 다행히 열려 있었다. 나는 종종 내 동선을 바꿔 놓을 정도의 매력이 있는 그 공간에 들어가서, 예전부터 내 시선을 잡아끌던 책을 집어들고 뒤적였다. 다른 곳 같았으면 도서관에 없는지 검색해 봤겠지만, 이번엔 그런 짓은 하지 않고 곧장 사기로 결정했다. 그리고 책 두어 권을 더 구경하고, 괜히 그 사랑스러운 공간을 둘러보고, 전부터 살까 말까 고민하며 장바구니에만 넣어 뒀던 책 두 권(《곽재식의 아파트 생물학》,《그럴수록 산책》)을 구해 달라고 부탁했다.

　서점 주인에게 책을 들여 달라고 메모를 남기는 것은 난생처음이었다. 사장님은 월요일이면 올 거라고 주문을 받고, 책을 계산하고, 봉투에 책과 함께 비타민 알약을 한 판 넣어 줬다. 이렇다 할 대화를 한 건 아니지만 그것만으로 정신이 좀 맑아지고 좋은 일이 다가오는 듯한 기분이 들었다. 쓸 수 있는 돈을 쥐고 탐나는 물건을 뒤적이다 뭘 사기도 하고 물건을 들여 달라고 주문을 하기도 해서 그런지 부자가 된 느낌도 들었다. 생각나지 않던 소설의 설정은 걸어가는 동안 떠올랐다.

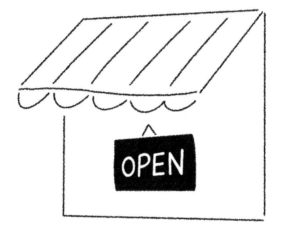

잊고 있었는데, 나의 생활 반경에서
잠시 멈춰서 볼 가게가 있다는 건 멋진 일이다.

대기업이 아닌 소상공인 점포를 이용한다는 것은 금전적으로 보면 불합리할 수 있다. 하지만 시스템이 아니라 사람과 거래한다는 기분은 때때로 그런 금전적 단점을 이길 만도 하지 않은가 하는 생각도 든다. 사람 냄새가 나는 소상공인을 사랑하는 것이 바로 각박한 현대 사회를 살아가는 지혜…… 이런 소리를 하자는 건 아니고, 어떤 상품을 누가 만들거나 골라서 전시하고 파는가, 그 사람은 어떤 취향과 주관으로 공간을 구성했는가 감상하는 것은 직접 가서 즐길 만한 기쁨이라는 뜻이다. 작은 점포를 잘 알게 되는 일에는 타인을 잘 알게 되는 일의 소박한 행복이 존재한다.

다만 이 즐거움을 새삼 떠올리는 데에 정부가 부여한 '쓰지 않으면 사라지는 돈'이라는 강력한 동기가 작용했다는 사실은 여간 씁쓸하지 않다. 삶을 더 낫게 만들고자 하는 노력들이 삶을 더 납작하고 답답하고 옴짝달싹할 수 없는 것으로 만들고 있는 것은 아닌가. 자의 반 타의 반으로 눈 옆을 가리고 당근을 쫓아가는 말처럼 뛰어다니는 게 아닌가. 그런 사고의 억압이 존재한다는 사실을, 타인의 조그만 가게에서 문득 깨달은 것 같다.

◇　좋은 선물 주기의 난해함

재미있는 영상들 중에 오래된 것으로 '닌텐도 64 키즈'
로 유명한 영상이 있다. 영어권의 어린 남매가 콘솔 게
임기인 닌텐도 64를 선물받은 직후의 반응을 찍은 홈
비디오인데, "우워어어어!! 닌텐도 씩스티뽀오오!!"
하면서 열광하고 팔을 휘두르며 보여주는 환희의 끝
이 그야말로 인상적이다. 닌텐도 64가 이렇게 큰 기쁨
을 준다고 닌텐도에서 광고로 써도 될 정도다. 실제로
그 영상의 주인공들이 장성하여 같은 구도로 찍은 것
은 엉뚱하게도 패스트푸드인 타코벨 광고였지만, 아
무튼 그 홈비디오를 보자면 선물을 주고받는 행복에
대해 생각해 보게 된다. 멋진 선물을 받는 것도 기쁜 일
이지만 받는 이가 기뻐서 광기 어린 소리를 지를 정도

로 훌륭한 선물을 주는 것도 멋진 일이다. 받는 이가 그렇게 기뻐해 준다면 얼마짜리 선물이라도 지출이 아깝지 않을 것 같다.

그런데 이상적인 선물이란 어떤 것일까? 내가 생각하기에 가장 멋진 선물의 요점은 역시 상대가 스스로도 갖고 싶었던 줄 몰랐던 물건을 주는 게 아닌가 싶다. 평소에 '저거 있으면 좋겠다'라는 식으로 언급했던 것을 기억했다가 주는 일도 멋지지만, '뭐야, 이거? 이런 게 있었어? 짱인데?' 하고 반응할 만한 선물을 주는 게 제일이다. 나는 그렇게 감탄스러운 선물을 꼭 한 번 받은 적이 있는데, 그것은 다름 아닌 만화 잡지의 부록이었다.

그 선물을 받을 때쯤 나는 어떤 연애 시뮬레이션 게임에 빠져 있었는데, 그 꼴을 가까이서 보던 후배들이 일본에 여행을 갔다가 우연히 발견한 잡지와 부록을 사다준 것이다. 잡지 자체보다 부록이 더 감탄스러웠던 이유는 그 호에 특집으로 게임 내에 나오는 가상의 잡지를 구현해 놓았기 때문이었다. 그 잡지란 성인 잡지가 되기 직전 정도로 야해서 작중의 남고생들이 보물로 여기는 물건이라는 설정이다. 하지만 내용이야 아무래도 상관없고, 나는 그런 게 실제로 만들어진 줄도 몰랐는데 선물로 받게 된 터라 그야말로 탄성을

지를 정도로 놀라며 기뻐했다. (내용 때문에 기쁜 건 아니었다.) 그런 선물은 평생 한두 번이나 받을까 말까 아닌가 싶다.

그런 선물을 내가 준 것도 꼭 한 번 있다. 지금은 헤어진 지 한참 된 애인과 사귈 때 화이트데이 기념으로 뭘 줄까 고민하던 끝에 그녀가 천하장사 소시지를 좋아한다는 것에 착안하고 당시에 흥행하던 일본 TV 애니메이션의 이미지를 편집하여 소시지 포장지에 붙여 주었는데, 다행히도 그 개그가 적중하여 애인은 카페 사람들이 다 돌아볼 정도로 폭소하고 말았다. 어째서 놓고 보니 다 서브컬처 관련이군.

아무래도 선물을 받는 쪽이 열광적으로 좋아하는 게 있으면 선물이 쉬워지는 게 사실이다. 특히 아주 흥한 콘텐츠거나 대중적인 분야라면 관련된 상품도 많으니 선물하는 쪽이 골라서 주기도 좋고 받는 쪽도 좋은 선물을 받았다고 느끼기 쉽다. 다만 받는 쪽이 해당 분야에 너무나 압도적인 돈을 붓는 사람이라면 뭘 사도 이미 갖고 있을 확률이 높아서 깜짝 선물을 주기는 어려워진다는 문제가 있긴 하다. 먼 옛날 연애 시뮬레이션 게임 〈에베루즈〉에서 독서가 미소녀의 생일 선물로 책을 선물한다는 선택지를 고른 적이 있는데, 이 때도 그녀는 이미 있는 책이라고 실망한 기색을 보여

땅을 치고 후회하며 로드한 적이 있었다. 아주 교훈적이었다. 이래서 연애 시뮬레이션 게임을 해 보지 않은 사람은 사랑을 모른다는 말이 나오는 것이다.

　선물하는 쪽이 선물 받는 쪽의 취미나 취향에 대해 아주 조금만 알면서 잘 안다고 착각하는 경우도 선물이 실망스러워질 가능성이 높다. 후배 한 명이 겪은 일인데, 결혼한 형 부부가 해외 여행을 갔다가 돌아오며 '너 이런 거 좋아하지?'라며 그 친구가 전혀 관심이 없는 애니메이션 캐릭터 상품을 줬다는 것이다. 영화만 해도 '너 영화 좋아하지?' 하고 아무 영화의 관련 상품을 준다는 건 말도 안 되는 일로 느껴지는 법인데, 어쩐지 서브컬처 계통은 폭이 넓든 말든 '그런 거' 정도로 묶이는 경우가 많은 듯하다. 이러면 선물을 받고도 기분이 상하기 마련이니 뭘 선물하려거든 일찌감치 뭘 주면 좋을지 먼저 물어보는 게 나으리라.

　그런데 한 10년 전부터는 정례적으로 주고받는 선물인 생일 선물을, 주는 쪽이 골라서 주는 경우가 크게 줄어든 것 같다. 대체로 필요한 것을 물어서 사주거나 아예 현금 혹은 상품권을 주는 경우가 대부분이다. 딱히 마음에 들지 않는 물건을 주고받을 일이 사라져 합리적이고 좋긴 한데, 주는 쪽에서도 이것을 좋아할 것인지 가슴 졸이며 고민해서 주는 즐거움이 줄었고,

받는 쪽에서도 생각지 못했던 행복을 느끼는 기쁨이 줄고 말았다. 그런 한편으로 여행 선물 등의 사소한 선물은 여전히 깜짝 선물로 주고받는 것을 보면, 큰 선물이 '실패 없는' 방식으로 바뀐 데에는 내 주변 사람들이 중요하게 생각하며 주는 선물의 가격대가 경제력과 함께 올라간 탓이 제법 크지 않나 싶다. 하기야 비싼 돈을 지불한 선물이 허사가 되는 일은 피하고 싶은 게 당연한 심리다. 어지간히 돈이 많은 사람이 아닌 바에야.

부자 얘길 하고 보니 떠오르는 소설 장면이 있다. 아마 《그레이의 50가지 그림자》 1권이었을 것이다. 갑부인 남자 주인공이 여자 주인공에게 전자책이 꽉꽉 들어찬 아이패드를 아주 가볍게 선물하고, 여자 주인공은 그가 도서관을 통째로 선물한 것이나 다름없다고 진심으로 감탄하는데…… 읽어야 할 책에 물리적으로도 심리적으로도 짓눌릴 것 같다는 느낌에 시달리고 사는 나로서는 그렇게까지 공감이 가는 상황은 아니었다. 아이패드라는 값진 기기 자체는 고맙겠지만.

그나저나 10월에는 내 생일이 끼어 있었기에 그즈음에 만난 후배들에게 밥을 사려 했다. 그런데 후배들은 "생일이면 얻어먹어야지 왜 밥을 사죠?" 하고 내

의도와 반대로 내 몫의 밥값까지 내 주었다. 분명 합리적인 얘기지만 오래도록 여가를 함께한 선배로서 타의 모범이 되지 못한 것 같아 어색하고 민망했다. 나의 사고 방식이 고루한 것일까, 아니면 후배들의 사고방식이 선진적인 것일까? 영 알 수 없는 노릇이다.

마침 10월생이라 나와 함께 엉겁결에 밥을 얻어먹은 후배 한 명이 미안했는지 얼마 후에 선물이라고 나에게 카페 이용권을 선물해 주었다. 이것도 미안스러워하면서 받게 되었다. 그후 어찌저찌 정신없이 지내다 순식간에 그 친구의 생일이 돌아왔는데, 선물을 고르기 시작하고 보니 누군가의 생일 선물을 고르는 게 상당히 오랜만이었다. 나는 약간 즐거웠고, 동시에 상당히 난감했다. 30대 여성에게 줄 선물로 팬한 물건이 아니면서 유용하고, 그런 한편으로 로맨틱한 뉘앙스가 없는 선물이 도통 떠오르지 않았기 때문이다. 뉘앙스야 결과적으론 갖다붙이기 마련이겠으나 목도리 등의 방한 의류 따위는 대단히 친밀한 사이가 아니면 선물용으로 부적합하다는 건 아무리 무지한 나라도 아는 일이고, 그렇다고 가장 무난하게 쓸 수 있을 상품권은 내가 극히 최근에 받은 탓에 고스란히 돌려주는 꼴이 되어 바람직한 모양새가 아니었다. 제빵과 아이돌 덕질이 주요한 취미인 친구인데 내가 그 취미의 깊이에 대해 아는 바가 너무 없어서 그 방면으론 검토조차 어렵고, 공통 분모인 보드게임을 주자니 모임에 갖고 나오라고 짐을 떠넘기는 것 같아 미안했다.

고민 끝에 나는 결국 메신저에 연동된 선물 코너에서 인기 있는 것들을 뒤져 보기 시작했다. 창의력이 바닥났구나 싶어 약간 암담해졌지만 아는 게 없으면 모범답안이라도 봐야지 어쩌겠는가? 그렇게 내가 선택한 것은 그야말로 무난한 선물의 정점이라고 해도 좋을 핸드크림 샘플러였다. 핸드크림이란 계절에도 맞고, 자기 돈으로 괜찮은 것 여러 개를 시험하기란 좀 아까운 감이 있는 법이라 선물로 적절하긴 하다 싶었다. 게다가 취향 문제도 최대한 여러 가지 향을 모아놓음으로써 극복했으니, 선택에 대한 후회는 없었다.

그래도 선물은 역시 별 의미도 무게도 없이 대수롭지 않은 것을 느닷없이 주고받는 게 재미있지 않을까? '놀러갔다가 선물 가게에 있길래 샀어.' 하는 식으로. '캘리포니아에 출장 갔다가 당신 생각이 나서 특산품을 샀지.' 하고 아이패드를 건네주는 것보다는 도쿄 바나나나 제주 감귤 초콜릿 따위를 꺼내서 같이 먹는 게 마음 편하고 좋다. 물론 아이패드를 준다면 받기야 하겠지만……

◇   그 택배는 어디로 갔을까

어머니는 오래도록 쓰던 갤럭시 S8+의 사용을 중단하기로 결심하고 갤럭시 S22 울트라를 주문했다. 그런데 다음 날, 배송이 완료되었다는 메시지가 무색하게도, 택배는 오지 않았다.

배송이 완료되었다는 알림이 먼저 오고 실제 배송이 약간 늦는 경우는 종종 있는 터라, 처음에는 대수롭지 않게 생각했다. 하지만 한 시간이 지나도, 두 시간이 지나도 택배는 오지 않았다. 어쩌면 고가의 상품이라 현관문 옆의 양수기함에 넣어 둔 게 아닐까 싶어서 몇 번을 확인해 봤지만 허사였다. 배달되었다는 스마트폰은 사라졌다.

정확한 배송 상황을 확인하기 위해서 어머니는

기사에게 전화를 걸었다. 택배 기사는 남은 것이나 잘 못한 것 없이 배송을 다 마쳤다고 했다. 깜빡하고 남은 게 있었다면 차라리 좋았을 텐데, 아니었다. 결국 먼저 생각해야 할 것은 오배송이었다. 무수한 택배 상자를 여기저기 갖다 놓는 작업을 하다 보면 층이나 동을 헷 갈리는 경우가 있기 마련이다. 나도 예전에 겪은 일이 다. 전자기기 부품을 무인 택배함으로 시켜서 받기로 했는데 막상 가서 열어 보니 함이 텅 비어 있었던 것이 다. 결국 택배 기사와 보관함 관리 업체 양쪽에 문의한 끝에 기사가 내 택배 상자를 공교롭게도 마침 열려 있 던 한 칸 위에 넣어 버렸음을 알아낼 수 있었다. 관리 업체는 통화하며 원격 조작으로 함을 열어 주었고, 나 는 받아야 할 택배와 간신히 상봉했다. 사람과 접촉하 지 않고 전화 안내를 들으며 잃어버린 택배를 찾자니, 영화 같은 느낌이 들었다. 그리 비싼 물건도 아니고 금 방 찾았기에 재미있는 기억으로 남았겠지만.

택배 기사가 알아서 잘 확인하고 연락을 주기를 마냥 기다릴 수도 없는 일이라 나는 재활용품을 버리 고 오는 길에 아파트 우리 동의 몇 개 층 중에서 우리집 과 같은 위치에 있는 집 앞을 보았다. 없었다. 다음으 론 어머니와 함께 전체 층을 보았다. 역시 없었다. 이제 오배송이 되었다면 택배가 아예 다른 동이나 다른 아파트로 갔거나, 아니면 택배를 받은 집에서 누구나 그렇게 하듯이 별 생각 없이 상자를 집 안으로 가져갔을 거라고 추측해야 했다.

어느 쪽도 가능한 일이긴 했는데, 아파트 단지나 동이 아예 잘못되는 경우는 좀처럼 없는 일이라 나는 다른 층에 놓인 택배를 그 집 사람들이 가져갔을 확률이 높다고 생각했다. 요즘은 개인정보를 보호한다는 이유로 송장에 이름이 다 나오지 않게 하는 것은 물론이고 아예 배달 후에 송장을 뜯어 버리기도 한다. 그러니 택배 상자를 받은 집에서 일단 가져가서 열어 보는 게 이상한 일도 아니다. 그렇다면 어찌 되었을까? 사지 않은 스마트폰 상자가 나오면 개봉한 사람이 아닌 동거인이 주문했을지도 모른다고 생각하는 게 보통이다. 그렇다면 그 사람이 집에 와서 확인할 때까지 시간이 걸릴 수도 있다. 나는 이튿날 아침에 다시 우리 동 문 앞을 보기로 작정했다.

그 사이에 택배 기사는 내일 관리사무소에서 엘리베이터 CCTV 영상을 확인하겠다고 했다. 엘리베이터의 CCTV가 배송이 정확히 되었는지 모든 것을 알려 줄 수는 없겠지만, 적어도 누가 어떤 박스를 들고 어디서 타고 내렸는지는 알 수 있다. 오배송인지, 아니면 도둑인지도 알 수 있으리라.

흔히 한국에서 택배 상자를 건드리지 않는 것은 '국룰'이고 자전거만 순식간에 사라지기 마련이라는 농담이 있긴 하지만, 실제로는 아무도 지키지 않는 택배 상자를 집어 가는 도둑이 적지 않다. 말 그대로 아무도 지키지 않는 물건이 널려 있으니 당연하지 않은가?

도둑질을 하겠다고 작정한 자가 아니더라도 최신 스마트폰이 들어 있다고 적힌 상자가 덩그러니 놓여 있으면 집어 갈 만도 하다. 어떤 이유로 문 앞에 찾아온 사람이 견물생심으로 박스를 주워 들고 모자를 눌러 쓴 채 엘리베이터를 타거나, 비상계단으로 도망친다면……. 그러면 아주 골치 아픈 일이 될 것이다. 경찰에 신고해야 할 테지. 그러나 과학수사로 도둑은 잡을 수 있어도 사라진 물건까지 찾아낼 수 있는 것은 아니다. 결국 최종 책임은 택배 기사에게 묻게 된다. 원래 택배는 수령인의 확인을 받는 게 정상인데 '비대면 배송'이 일반화되어 그 과정을 건너뛰면서 말단에 있는 택배 기사가 위험부담을 떠안게 된 탓이다. 편하면 됐지 아무렴 어떤가 하는 생각에 나도 이런 불공정한 관행에 가담한 게 아닐까? 최소한 고가의 물건인 만큼 꼭 양수기함에 넣어 달라고 해야 했던 게 아닐까? 걱정 속에서 잠을 청했다.

다음 날 아침, 나는 씻기도 전에 우리 동을 살펴

보고, 가장 가까운 옆 동에 들어갔다. 원래 옆 동 공동 출입구로 들어갈 방법이 없지만 이삿짐을 나르고 있는 중이라 진입이 간단했다. 제발 내 직감이 맞길 바라며 우리집과 같은 층으로 올라갔다. 그러나 거기엔 각 집에서 내놓고 사는 잡동사니만 쌓여 있을 따름이었다. 추리 소설가의 직감 따윈 없었다.

그 택배는 어디로 갔을까……. 나는 오배송 문제를 검색해 봤다. 시킨 적 없는 김치를 받은 사람이 착오로 그것들을 냉장고에 넣어 두고 외국에 갔다 온 후 소송을 당했다는 사례가 있었다. 나는 시킨 적 없는 스마트폰을 받은 누군가가 깜짝 선물이라 생각하고 그것을 뜯어서 사용하는 광경을 상상해 봤다. 아니면 당장 팔아 치우는 모습을. 일이 공교롭게 흘러가면 마침 선물을 받을 만한 타이밍일 수도 있으리라. 생일 선물만 해도 비싼 물건은 좀 늦게 줄 수도 있으니 선물을 받는 기간을 보름으로 잡으면 24분의 1 정도의 확률로 착각이 가능하다. 잘못 배송된 물건을 일단 냅다 팔아 버린 뒤에 모른다고 잡아떼기로 작정하는 사람 역시 상식적으론 없을 것 같아도 상식을 따르지 않는 사람이 천지에 널려 있다. 100만 원은 상식을 잊기에 충분한 돈이다. 심지어 자기가 문제를 유발한 것도 아니니 더욱 그럴 법하다.

걱정에 휘말려 있자니 택배 기사에게 전화가 와서 스마트폰을 뜯어도 사용할 수 없도록 일련번호를 알아낼 수 없겠냐고 내게 물었다. 비슷한 걱정을 한 듯했다. 나는 쇼핑몰에 전화해서 상담원에게 사정을 설명하고 일련번호를 알 수 있나 물었다. 그러나 답은 부정적이었다. 내 기억에도 옛날에는 스마트폰을 사면 일련번호가 박스에 적혀 있었던 것 같은데, 요즘은 아니거나, 협박범이 요구한 현금을 추적하듯이 공기기를 철저히 관리하진 않는 모양이었다. 하기야 내가 마지막으로 산 새 핸드폰이 아이폰 3GS인데 어떻게 알겠는가?

그리하여 오배송된 스마트폰을 주운 누군가가 얼씨구나 신나게 쓰거나 팔아 버렸을 거라는 상상은 더욱 현실감을 갖게 되었다. 스마트폰은 분실해도 대체로 찾을 수 있다는 인식과 달리, 아무런 안전장치도 없는 새 자급제 기기는 그야말로 법의 사각지대에 놓여 있었다. 요컨대 금덩어리를 박스에 넣어서 '금덩어리 재중'이라고 적어 집 앞에 놓아둔 셈이다. 미치겠다는 생각이 들었다.

오후가 되자 택배 기사가 CCTV 조회 결과를 전해 들었다고 연락했다. CCTV는 경찰이 함께 가지 않으면 볼 수 없게 되어 있어서 말로만 들은 모양인데, 그 결과

는 달리 오간 사람은 없었고, 반품할 물건을 가지러 온
택배 기사만 있었으니 그 사람에게 물어야 한다는 것
이었다. 내 착각일 수도 있겠지만, 자기 잘못이 아님을
확인한 기사의 어조는 자신감이 넘치고 어딘지 모르
게 공격적인 느낌도 들었다.

　아무튼 그게 사실이건 아니건 나는 공격당한 느
낌을 받았다. 가만히 생각해 보니 내가 반품 처리한 물
건이 하나 있었기 때문이다. 놀러 가서 입기로 하고 생
활한복 셔츠를 샀다가 사이즈 교환 신청을 하면서 양
수기함에 다시 넣어 뒀는데, 그걸 가지러 온 택배 기사
가 착오를 일으켰을 가능성이 높은 듯했다. 스마트폰
을 배송한 택배 기사와 어머니의 어조는 반품 상품을
가져간 그 기사놈이 도둑놈이라는 식이었으나, 택배
기사가 미치지 않고서야 일자리가 걸린 도둑질을 할
가능성은 낮을 것이다.

　나는 침착하게 스마트폰의 메시지를 확인하고
반품 상품을 수거했다는 메시지를 보낸 택배 기사에
게 전화를 걸어 상품 수거에 착오가 있나 확인해 달라
고 말했다. 그런데 전혀 예상치 못한 일이 일어났다. 전
화를 받은 상대가 바로 스마트폰을 배송한 그 기사였
던 것이다. 그러니까 지금까지 나온 정보만으로 생각
하면, 택배 기사가 배송한 뒤에 그것을 다시 반품 상품

보편화된 배송 시스템은
지나치게 인간의 양심에 의존하고 있다.

으로 수거해서 가져가 놓고 문제를 인지하지 못했으며, CCTV 영상 확인 결과를 듣고도 그게 자신이라는 걸 알지 못했다는 뜻인데, 쉽게 이해할 수 없는 상황이었다.

형국이 뒤바뀌자 택배 기사는, 반품 처리에 이상이 있었던 모양이라며 센터에 연락해서 수거된 물건을 확인하고 사진을 보냈다. 그건 적당히 큼직한 박스였다. 내가 반품시킨 건 쇼핑몰 로고가 인쇄된 비닐 봉투였으므로 착각할 수가 없었다. 나는 그게 와야 할 물건이 맞는 것 같다고 했고, 그로부터 한 시간쯤 지난 뒤에 택배 기사가 찾아와 사과했다.

사건은 의외로 단순했다. 택배 기사가 건강 문제로 어제 오후 일을 남에게 부탁했고, 부탁받은 사람은 내가 반품 신청을 하며 남긴 메시지 '양수기함에 넣어 뒀습니다.'를 확인하지도 않고, 물건을 찾으러 갈 테니 어떻게 해 달라는 전화도 하지 않은 채 찾아와서 문 앞에 놓인 '스마트폰 택배 상자'를 수거한 것이다. 오전에 먼저 온 택배 기사가 스마트폰 상자를 내려놓고 반품 봉투도 이미 회수했는데, 그만 제때 전산처리가 되지 않았던 것 같다. 하기야 상자 사이에 눌리면 그런 게 있다는 사실조차 알 수 없을 만한 봉투였으니, 있음직한 일이긴 했다.

그리하여 센터까지 되돌아가서 엉뚱한 옷가게로 날아갈 뻔한 스마트폰은 송장이 교체되어 정상 배송되었다. 경찰을 부르네 마네 소송전이라도 준비할 듯했던 어머니는 기사에게 참 공교롭게 되어 고생을 시켰다는 둥, 물어내게 되면 월급이 왕창 날아갈 텐데 어쩌나 걱정을 했다는 둥, 마음에 있었는지 없었는지 모를 소리로 분란을 마무리했고, 나도 적당히 거들었다. 온종일 고생한 택배 기사에게 더 화를 내 봐야 의미도 없고, 택배는 앞으로도 받아야 하니 웃고 끝내야지 달리 뭘 어쩌겠는가? 지옥 같은 배송이 끝난 이후로 나는 몇 시간에 걸쳐 새 스마트폰을 세팅하는 데에 시간을 들였다.

번잡한 설정을 처리하는 동안 마음이 복잡했다. 상자 놓는 소리를 잘 들을 수 있었더라면, 부탁받은 사람이 확인을 제대로 했더라면, 택배 기사가 아프지 않았더라면, 비대면 배송을 하지 않았더라면, 하필 그때 반품하지 않았더라면, 반품 상품을 미리 내놓지 않았더라면, 내가 옷을 사지 않았더라면, 코로나가 없었더라면, 인류가 야생 동물의 서식지를 침범하지 않았더라면……

간단히 스마트폰으로 주문하고 다음 날 문 열어 보면 시킨 물건이 당연하다는 듯 놓여 있는 생활은 극도로 편리해서, 거의 마법처럼 느껴질 정도다. 하지만 그 마법을 위해서 누가 어떤 노동을 하는지, 다같이 어떤 상식적 절차를 생략하고 있으며, 그로 인해 발생하는 위험 부담이 어디에 보이지 않는 형태로 숨어 있는지 짚어 볼 필요가 있지 않을까 싶다. 편리한 것에는 분명 독이 있다. 최소한 세 사람이 100여 만 원의 행방을 두고 고민을 할 정도의 독이.

◆ '말 뒤 페이(Mal du Pays)'라고 '전원 풍경이 불러일으키는
영문 모를 슬픔'을 가리키는 프랑스어가 있다던데,
이 순간의 감정도 그런 게 아니었을까?
원반을 물고 잔디밭을 달리던 강아지의 모습은
뇌리 깊은 곳에 새겨져서 지금도 생생하다. 고양이를
선호하는 나에게도 그 광경은 행복이란 무엇인가 하는
질문에 대한 대답처럼 기억된 것이다.

4

아ᅲᅵᆫ
ᄂ
마ᅌᅳᆼ ᄋ ᄅ
ᄆ

◇ 에어컨을 틀지 않아도 된다는
    거짓말

장마가 끝나고 지독한 여름 날씨가 시작되면 더위로
인한 고통은 물론이고 우울감까지 몰려오는 것을 느
낀다. 우울감에 어울리는 배경으로 보통 낙엽과 앙상
한 가지와 싸늘한 가을 겨울 바람을 떠올리지만, 이불
을 덮거나 차를 마시거나 불구덩이에 뛰어들면 손쉽
게 벗어날 수 있는 추위와 달리 더위는 사실상 물에 들
어가거나 에어컨을 트는 것 말고 대처 방법이 거의 없
기에, 잘 따지고 보면 여름이야말로 정말 고통스럽고
우울하고 기운 빠지는 계절적 배경이 아닌가 싶다. 그
렇게 생각하면 더워 죽겠는데 심지어 연말까지 다가
오는 남반구의 여름은 두 배로 고통스럽지 않을까.

　　오늘은 그나마 29도밖에 되지 않아서 에어컨을

틀지 않고 가슴에 아이스팩을 얹은 채 이 글을 쓰고 있다. 축복받은 날씨다. 하지만 밤새 선풍기 바람에 땀을 증발시키는 한편으로 시간의 흐름과 삶의 무상함을 한탄하며 잔 탓인지 오늘 아침은 오히려 기운이 빠져 기절할 것 같았다. 알맹이는 녹아서 땀으로 배출되고 껍데기만 깨어나 움직이는 기분이었다. 그러나 아무것도 못 한다고 그대로 늘어져 있을 수도 없는 노릇이라 에어컨을 틀고 간신히 흐물거리던 육체와 정신의 형체를 고정시켰는데, 그로부터 두 시간도 지나기 전에 인류가 기후 위기를 막을 수 있는 것은 앞으로 고작 30개월뿐이라는 유튜브 방송을 봤다. 고통스럽고 암담했다. 에어컨을 쓰면 여름이 더 더워지고, 그러면 모두가 에어컨을 더 오래 세게 틀 테니, 인류가 살아날 길은 아무래도 없는 게 아닐까.

　환경 걱정도 그렇지만, 솔직히 말해 우리집에서 에어컨을 쉽게 틀지 못하는 데에는 두 가지 이유가 더 크게 작용하고 있다. 첫째는 단연코 전기요금이다. 어찌저찌 살다 보니 우리집은 냉장/냉동 설비가 네 대나 있는 상황이다. 누진세에 얻어맞지 않을 수가 없는데, 설상가상 에어컨은 두 대 모두 낡은 정속형이라 유튜브 지식인들이 흔히 말하듯 '걱정 말고 틀어 놓으세요.'에 해당하지 않는다. 언제나 고출력으로 누진세의

대로를 질주한다. 그러니 '어휴, 그거 아끼다 병원비가 더 들어요.'라고 설득하기엔 대가가 크고, 결국 늘 그렇듯 거실 에어컨은 도저히 견딜 수 없을 때의 초필살기로 남겨 두게 되는 것이다.

부모님이 주로 시간을 보내는 거실 상황이 이러니까 방에 있는 나도 내킬 때 에어컨을 켜는 게 어려울 수밖에 없다. 이성적으로 따져 보면 확장 공사를 한 탓에 거실보다 2도쯤 더 더운 내 방에서 에어컨을 트는 것은 낭비라고 할 수 없다. 생산성을 생각해 보면 그럭저럭 합리적인 대처일 것이다. 계측해 본 결과 내 방에서 하루 여덟 시간씩 한 달간 에어컨을 사용하면 요금이 23,000원 정도 나온다. 이 정도라면 육체와 영혼의 안녕을 위해 충분히 낼 만한 금액이다. 하지만 나이 드신 부모님도 선풍기로 잘 버티는데, 나 같은 게 에어컨 바람을 쐬는 게 과연 맞는 일인가, 내가 무슨 생산성을 따질 정도로 잘났나 하는 생각이 몰려들기에, 죽겠다 싶을 정도가 아니면 좀처럼 에어컨을 틀 수 없는 것이다. 내 방이 가장 덥다는 사실과 무관하게 작동하는 심정은 어쩔 방도가 없다.

그래서 올여름에는 에어컨 대신 아이스팩을 자주 쓰고 있다. 냉동실에 얼린 아이스팩을 꺼내 와서 천 주머니에 넣은 다음 몸에 대서 체온을 낮추는 것이다.

사실상 열사병 대책이다. 여러 부위를 실험해 본 결과 가장 효과가 좋은 곳은 겨드랑이로, 활동도 심하게 방해받지 않고 서늘해지는 것 같았다. 허벅지 안쪽도 제법 나쁘진 않은 편이지만, 허벅지를 붙이고 있기가 어렵다는 게 문제였다. 뒷목도 익히 알려져 있듯 시원하긴 한데 아이스팩을 고정하기가 어렵다는 게 큰 단점이었다. 발바닥은 서늘해진다기보다는 발바닥이 차다는 느낌이 지속되는 것에 가까워 아주 쾌적하다고 할 순 없었다. 발바닥이 늪에서 막 기어나온 양서류처럼 축축해져서 돌아다니기 어려워지는 것도 문제였고.

고군분투하며 시간을 보내 보니 아이스팩의 냉기가 유의미하게 지속되는 것은 한 시간에서 한 시간 반에 불과했다. 따라서 그때마다 냉동실의 예비 아이스팩으로 교체해야 했는데, 아이스팩의 내용물은 물보다 어는점이 낮은지라 넣은 후 예닐곱 시간은 지나야 다 어는 듯했다. 즉, 아이스팩이 대여섯 개는 있어야 계속 교체하며 쓸 수 있다는 말이다. 내가 가진 아이스팩은 네 개뿐이니 사이클이 딱 맞지 않는다. 다 얼기 전에 꺼낸다고 못 쓰는 건 아니지만, 잠깐만 있으면 시원한 기운은 사라지고 미지근하게 식은 해파리 따위를 매달고 다니는 기분이 된다. 시중에서 파는 '얼음 조끼' 리뷰 중에 '시원하긴 한데 아이스팩이 오래 못 간

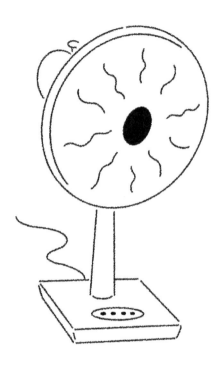

선풍기의 한계 속에서 버티는 게 꼭 옳은 일인지
의문이 들 때도 있다.

다'는 것이 있더니, 바로 이런 뜻이었던 모양이다.

그리하여 선풍기의 위치와 각도를 조절하거나, 창문 여는 방향을 바꾸거나 창가에 선풍기를 한 대 더 놓는 등의 갖은 지혜를 다 짜내 보았지만 드라마틱한 효과를 거둘 수는 없었다. 중기관총을 놔두고 새총으로 전쟁을 치르는 듯한 기분이 든다는 것도 문제였다. 효도도 환경 보호도 좋지만 건강을 갉아먹으면서 한 시간 걸릴 작업을 두 시간씩 한다면 이것도 측량이 어려워서 그렇지 개인적으로도 환경적으로도 손해가 아닌가 싶었다. 겨울 난방 온도는 20도로, 여름 냉방 온도는 27도나 28도로 맞추고 사니까 에너지를 낭비한다고 죄책감을 가질 수준은 아닌 것 같기도 했다. 어쩌면 이게 '나 하나쯤이야.'라는 변명의 다른 형태는 아닐까 하는 생각도 해 봤는데, 작년에 주민센터에 선풍기를 세 대나 기증한 것을 떠올려 보면 역시 그 정도는 아닌 것 같았다.

결국, 필요하다면 나를 더위로부터 구출하는 데에 에어컨을 동원하기로 했다. 다만 거실 상황은 여전히 신경 쓰일 수밖에 없었다. 당장은 괜찮아도 조만간 닥칠 폭염 앞에서 내 방만 생존 가능한 지역이 되면 그것도 마음이 편하지 않을 게 분명했고, 거실 에어컨이 지나치게 넓은 구역을 냉각시키기 시작하면 그것도 여러모로 마음에 걸릴 게 뻔했다. 무시무시하게 열을 뿜는 냉장고들을 에어컨으로 다시 식혀 주는 꼴은 분명 문제가 있으니까. 그래서 거실을 별개의 공간으로 분리할 방법을 알아보는 중인데, 이런 고민을 하는 사람은 별로 없는 듯, 이걸 쓰면 만사 해결이라는 식의 상품(〈미션 임파서블〉에 나왔던, 벽과 천장에 딱 맞는 칸막이 따위)은 나오지 않고, 커튼을 다는 게 그마나 타협점인 모양이다. 하지만 커튼을 다는 것도 비용이 드는 일이고, 이 집에 얼마나 살지도 알 수 없으며, 에너지 절약이 얼마나 되는지는 재 보기 전에는 또 모르는 일이다. 정말 그렇게 가치가 있는 일일까?

답은 어디에도 나와 있지 않고, 행동에는 비용이 들어가며, 더위는 시간이 지나면 물러간다. 결국 가장 뜨겁고 눅눅한 보름이 어찌저찌 선풍기 바람을 타고 지나간 뒤에는 모든 고민과 논의가 원점으로 돌아가리라. 그러면 거실은 다시 오브제가 된 에어컨 앞에서 평화를 누릴 텐데, 에어컨을 틀어도 되는 상황을 내가 만들어 낼 가능성보다는 에어컨을 틀 수밖에 없는 상황이 저절로 올 가능성이 더 높다는 사실이 춤추는 계절 속에서 쏠쏠하게 느껴진다.

◇ 기어서 호텔 속으로

코로나 확산으로 해외 여행은 물론이고 국내 여행도 상당히 어려워진 탓에 호캉스가 유행한 것은 삼척동자도 다 알 일이지만, 나는 호캉스를 가 본 적이 없다. 당장 갈 생각도 없고, 앞으로도 가 볼 일이 없을 것 같다. 단언할 수도 없고 가 보기 싫은 것도 아니지만, 마치 필라테스나 볼링처럼 나와는 거리가 먼 여가로 느껴진다. 겪어 본 적이 없으니 그 정도의 값을 지불하고 어느 정도의 기쁨을 누릴 수 있는지 모르는 탓도 있고, 호캉스라는 여가 행위의 윤곽이 잘 보이지 않는 탓도 있다.

　　한편 내 주변에서는 부지런하구나 싶을 정도로 호캉스를 다니는 것 같다. 표현에 은근히 부정적인 뉘앙스가 들어가 있는데, 이건 그 친구들이 전부 여자라서 나는 초청 대상이 아니기 때문이다. 하기야 그렇지 않아도 모일 수 있는 인원이 코로나 때문에 한정된 마당에 굳이 남자까지 불러서 성가신 일을 만드는 것보다는 가까운 동성 친구들끼리 훌쩍 다녀오는 게 압도적으로 낫긴 할 것이다. 나라도 그러겠다.

아무튼 주변 사람들 얘기나 인터넷에서 흘러다니는 얘기를 들어보면, 호캉스라고 해서 뭔가 엄청난 이벤트를 즐기는 것은 아닌 모양이다. 호텔에 수영장이나 그럴듯한 레스토랑 같은 게 있으면 적당히 이용하며 놀고, 멋진 방에서 텔레비전도 보고, 가져간 보드게임도 하고…… 대체로 그런 느낌이다. 평소에 먹지 못하던 것을 먹는 경우도 있다고 하나, 깜짝 놀랄 만큼 대단한 호사도 아니다. 요컨대 하루이틀 좀 좋은 숙소로 소규모 엠티를 간 느낌이라고 봐도 무방할 것 같다.

친구들끼리가 아니라 혼자 갈 경우에는 대체로 하루키의 소설 같은 시간을 보내고 오는 듯하다. 역시 좋은 숙소에서 부대시설을 즐기고, 잘 먹고 잘 마시고, 원하는 책을 읽거나 원하는 영화를 보고……. 대충 그런 식이다. 대수롭지 않지만 평화로운 여가를 즐기고 오는 것이다. '소박하지만 확실한 행복'이 근래에 들어 상당히 각광받고 있는데, 호캉스 정도면 여기 드는 것 같다.

다만 나는 아무래도 호캉스가 그리 잘 맞지 않을 것 같다. 일단 집을 떠나 여럿이 숙소로 놀러 갈 때마다 근심 거리와 대면하게 된다. 중학생 시절부터 동행인들의 오락(주로 보드게임)을 책임지는 역할을 자주 맡은 탓인지, 누가 부탁한 적도 없는데 어깨가 무겁다. 자의든 타의든 여행이나 엠티에서 요리를 전담하게 된 사람이 느낄 법한 기분이다. 이걸 사람들이 좋아할까, 분위기나 시간이 잘 맞을까, 진행을 실수하진 않을까, 다른 게 낫지 않을까…… 이런 것들을 고려하다 보면 떠나자는 얘기가 나오는 순간부터 에너지가 마구 고갈된다. 보드게임을 하러 다니는 게 나에겐 일상인데, 그 일상의 고민이 며칠치 한꺼번에 쏟아지는 셈이다. 오래도록 해 온 역할이라 나름대로 요령도 있고 계획이 잘 맞았을 때의 성취감도 있지만, 요령을 동원하거나 성취감을 느낀다는 부분에서 이미 말끔한 여가와 치유의 순간은 아닌 셈이다. 여가 중에는 그 여가 말고 다른 보상이 없는 게 맞다.

게다가 나는 고도 근시에 수영도 할 줄 모르고, 체통 없이 물장구치고 놀 수 있을 정도로 밝고 장난스럽거나 그런 척이 남들에게 잘 받아들여질 리도 없는 성격이라 호텔 하면 떠올릴 수 있는 근사한 광경도 좀처럼 어울리지 않는 것 같다. 그렇다고 근사한 레스토랑에서 미식을 즐기는 것도 아니고 술조차 이제 거의 마시지 않으니, 그럴듯한 이미지와 함께 즐기는 호캉스는 나와 무관하다고 해도 과언이 아닌 셈이다. 써 놓고 보니 정말 재미없는 인간 같군.

그렇다면 혼자서 조용히 느긋하게 즐기는 여가를 생각해 보자. 독서는 어떨까? 이건 한결 마음이 편하다. 내가 평소에도 즐기는 일이고, 행복 가까이에 있는 것처럼 느껴진다. 하지만 어째 좀 손해 같다는 생각이 들기도 한다. 흔히 '어디서든 책장을 펼치기만 하면 다른 세계로 갈 수 있는 것'을 독서의 매력이라고 하는데, 그렇다면 굳이 호텔에서 비용을 지불해 가며 즐길 것도 없지 않은가 싶기도 하다. 물론 멋진 카페에서만 봐도 독서가 한층 즐거우니 가치가 없는 일은 아니지만……. 게다가 읽을 과제와 자료로 쌓아놓은 책이 워낙 많은지라, 평소에도 무슨 책을 읽을 때 '이럴 때가 아니라는' 죄책감을 느낀 게 한두 번이 아니다. 호캉스라고 그런 근심에서 벗어날 수 있을 것 같지 않다.

그렇다면 영화는 어떨까? 영화는 재생 기기의 영향을 크게 받으니까 어디서 봐도 똑같다고는 절대 말할 수 없고, 영화관에선 먹을 걸 자유롭게 가져오거나 옆 사람과 대화할 수 없으니, 그런 관점에선 바로 영화야말로 주변 신경 쓸 일 없는 호텔에서 만끽하기에 가장 좋은 여가라고 할 수 있을 것 같다. 또한 영화는 내밥벌이와도 상관없고, 꼭 봐야 하는데 못 봐서 쫓기는 느낌을 주는 리스트가 있는 것도 아니다. '봐야 하는 것' 말고 '보고 싶은 것'이 많을 뿐이다. 그러니 호캉스와 나의 완벽한 접점이란 큰 화면으로 소리 높여 영화를 감상하는 데에 있다고 봐야 할 것 같다.

호캉스에 기대할 것이 생겼으니 이제 돈과 시간과 여유만 챙기면 만사 해결인데, 가만히 앉아서 글만 쓴다고 누가 어디서 그런 것들을 챙겨 주진 않으니 돈도 시간도 정신적 여유도 조금씩 저축해 놔야겠다. 이야기를 재미있게 풀려고 하는 얘기가 아니라, 진심으로 그런 생각이 든다. 아무도 봐 주지 않는 사각지대에서 혼자 창작의 심해에 잠수하는 프리랜서는 숨쉴 틈을 알아서 챙길 수밖에 없는 것이다.

사실 예전에 심리 상담을 받을 때, 일주일만이라도 작업을 그만두고 쉬라는 처방을 받은 적이 있다. 이렇게 얘기하면 아주 왕성한 작품 활동을 해서 한 달에 책을 한 권씩 뽑아내는 작가처럼 보이지만, 나는 그런 게 아니라 작품이 잘되지 않아서 자료를 찾아 읽고 작품을 고치거나 더 나은 작품을 새로 쓰는 일에 골몰하기를 반복하는 시간을 보냈다. 덕분에 마음을 놓고 쉴 수 있는 시간이 별로 없었다. 육체적으로 쉴 시간은 있었지만 정신적으로 쉴 시간을 확보하긴 힘들었다. 마음을 놓은 시간만큼 인간으로서의 가치가 떨어지는 느낌이 들었다.

그래서 강제로 작업을 중지당한 일주일이 어땠는가 돌이켜보면, 별로 좋지 않았던 것 같다. 그냥 똑같이 하던 대로 하고 상담사에게는 푹 쉬었다고 거짓말을 할 걸 그랬다고 생각했다. 뻔한 소리나 듣는 상담 자체가 시간 낭비라는 생각마저 들었다. 하지만 지금은 호캉스가 성미에 맞든 맞지 않든 그때 호텔에 가서 영화도 보고 맛있는 것도 먹으며 쉬었다면 훨씬 낫지 않았을까 싶다. 동일한 틀 속에 살면서 새로운 생각을 하기가 좀처럼 쉽지 않다는 것을 알기 때문이다. 사람들이 흔히 '바람 쐬러 나간다.'는 표현과 행위를 하는데, 그걸 시간 낭비라고 치부할 수 없듯이 나를 잠시 다른 환경에 보내는 것도 시간 낭비라고 할 수 없을 것이다. 수분 섭취가 몸을 무겁게 한다는 이유로 물을 마시지 않고 뛸 수는 없는 일이 아닌가.

종영한 인기 교양 프로그램 〈알쓸신잡〉에서 호캉스 얘기가 나왔을 때, 김영하 작가는 이를 '일상의 근심에서 벗어나는 일'이라는 취지로 설명했다. 그렇게 생각하면 종종 삶의 넌더리 나는 광경에서 벗어나 우리가 흔히 동경하는 '안정의 세계'로 도망치는 것은 그것만으로 합당한 일인 듯하다.

솔직히 말해서 나는 충분히 노력했으니 자신이 가끔 호사를 누릴 자격이 있는 사람이라는 식으로 생각하지 않는다. 그럼에도 호캉스를 긍정하려는 이유는 그게 합당하고, 자격을 따져선 안 되는 일이기 때문이다. 영화 〈샤이닝〉에서 가족과 함께 호텔에 묵으며 소설을 쓰던 주인공이 미쳐 버린 상태에서 끝도 없이 두드린 문장을 떠올려 보자. "일만 하고 놀지 않으면 잭은 바보가 된다. (All work and no play makes Jack a dull boy.)"

◇　기어서 카페 속으로

예전에는 카페를 그리 좋아하지 않았다. 카페 자체는
좋았지만, 카페에서 노트북 따위를 놓고 생산적인 일
을 처리하는 것을 고급 문화로 숭상하는 듯한 풍조는
별로 마음에 들지 않았다. 지금이야 그게 다 사정이 있
는 일이고 다른 선택지가 없었을 수도 있음을 알지만,
학생 때는 도서관 이용이 어렵지 않았기에 '카페 내 생
산 활동'을 '불필요한 과소비', '의미 없는 상류 문화 맛
보기', '양담배' 비슷하게 여겼던 것이다. 지금 이 글도
카페에서 쓰고 있다는 것을 생각하면 정말이지 한치
앞도 내다보지 못하는 생각이었다.

　　그 인식이 어째서 바뀌었는가 하면, 코로나 시대
의 시작과 함께 도서관 가기가 상당히 어려워졌기 때

문이다. 감염의 위험을 피해 뭐든 집에서 하는 게 당연
해졌고, 보드게임 모임도 종종 집에서 하게 되었다. 나
는 직장도 다니지 않으니 타인과 소통할 일조차 거의
없어서, 무슨 〈가을의 전설〉 같은 영화처럼 황량한 벌
판의 오두막 한 채에서 식구들끼리만 사는 형국과 크
게 다를 것도 없게 되었다.

　좋게 보면 목가적이고 평화로운 생활이지만, 역
시 과해서 좋을 건 없다. 코로나19 사회적 거리두기 기
간 중 카페 내 취식 금지 조치가 풀리자마자 집 앞 카
페로 달려갔다. 결코 경계심을 늦출 때가 아니며, 금지
해제는 소상공인들의 생계를 위한 조치라는 국가의
준엄한 경고를 보면서도 더는 견디기 힘들었던 것이
다. 두 달쯤 온라인상의 실체 없는 자아로 살자니 내 정
신력 잔고가 바닥을 보이고 있었다.

　사실 돈도 잘 못 버는 마당에 카페씩이나 갈 자격
이 있는가, 정신력이 어쩌니 하는 것도 다 사치스러운
소리가 아닌가 하는 생각이 들기도 했다. 그러나 돌아
다녀 보니 그런 식으로 판단할 문제는 아닌 것 같았다.
먹고 숨 쉴 자격을 성취해서 얻어 내는 것이 아니듯이,
카페에 가서 커피든 뭐든 마시면서 나와 비슷해 보이
는 사람들 사이에 앉아 뭐라도 하는 시늉을 하며 자본
주의적 욕구로 구축된 안온한 평화 속에 내가 여전히

무너지지 않고 존재한다는 사실을 실감하는 건 그냥 살아 있으면 해도 괜찮은 일인 것 같았다. 소통하지 않더라도 사람 얼굴을 보는 게 정신 건강에 좋다는데, 그 말이 맞는 듯싶었다.

그리하여 나는 카페를 일종의 피난처로 여기게 되었는데, 흔히 알려진 것과 달리 카페에 있다고 생산성이 아주 크게 오르는 것 같진 않다. 음식은 맛있고 자리는 적당히 편하지만, 주변은 다른 손님들 때문에 대체로 정신 사나운 편이다. 이득이 발생하는 부분은 흔히 알려져 있듯이 '적절한 소음'이 아니라 '자꾸 뭘 해야 하는 생활 공간으로부터 분리' 같다. 카페에 가면 딴짓을 해도 준비한 범위하에서 하게 되어 있어서, 뭘 하다 말고 책장을 정리하거나 물건을 고치는 등의 헛짓으로 엇나가는 범위가 크게 줄어든다.

물론 와이파이도 되고 스마트 기기도 갖고 다니니까 놀려면 디지털 세계에서 얼마든지 놀 수 있지만, 남의 눈이 있으므로 정말로 '아무거나' 하고 놀 순 없는 데다, 공간 이용료를 지불한 셈이니 기왕이면 시간을 목적한 대로 알차게 쓰려는 노력을 하게 된다. 만약 카페 사장의 가족이거나 그룹의 대주주거나 해서 아무 비용도 지불하지 않고 카페를 이용할 수 있으면 주어진 시간을 알차게 쓰려는 노력은 좀 덜하게 되지 않을까. 그렇게 생각해 보면 뭔가의 가치가 비용을 요구하는 게 아니라 지불된 비용이 가치를 끌어내는 경우도 있는 것 같다.

요즘은 생산성과 집중력이 딱히 나아지지 않더라도 종종 카페에 다닐 만도 하다는 생각을 한다. 정신적으로 썩 괜찮기 때문이다. 카페 문화를 흰 눈으로 봤던 주제에 이런 소리를 하는 게 민망하긴 하지만, 카페에 다녀오는 행위에 포함된 요소들을 하나씩 따져 보면 확실히 권장할 만한 활동이다.

- ◇ 가서 뭘 할까 하는 간단한 목표를 세운다.
- ◇ 외출해서 걸어다닌다.
- ◇ 타인과 한 마디라도 대화한다.
- ◇ 소통하지 않더라도 타인의 얼굴을 보고 말소리를 듣는다.
- ◇ 맛있는 음식을 먹는다.
- ◇ 음악을 듣는다.
- ◇ 근사한 인테리어와 깔끔한 책상을 감상하고 느낀다.

평범한 일상을 영위하는 사람에겐 아무것도 아닌 것

같지만, 요즘 같은 시대에 특수한 상황을 겪고 있는 사람의 처지를 생각해 보면 썩 훌륭한 세트 메뉴다. 우울증이 마음의 감기라면(사실 위험성이 있는 비유다) '카페 가기'는 마음의 종합감기약이라고 주장하고 싶을 정도다. 오늘만 해도 의욕이 완벽히 고갈되어 구겨진 깡통이 된 듯한 기분이었는데, 간신히 카페까지 나와서 사람 비슷한 기분을 느낄 수 있었다. '카페 테라피'라고 하면 너무 세속적인 느낌이 들지만, 복지 차원에서 '카페 할인권 배포' 등을 고려해 봄직도 하지 않나 싶다.

그나저나 요 며칠 사이에 내가 즐겨 다니던 모 브랜드 카페의 이미지가 이런저런 사건으로 땅에 떨어졌다. 이미지만 떨어진 게 아니라 정도 떨어져서 적당한 카페를 새로 찾아야 하는데, 넓고 시원하고 눈치 보이지 않고 특별한 부담도 없으며 눈을 들면 창밖도 보이는 카페라는 게 그리 흔치 않다. 대자본의 힘에 너무 익숙해진 게 잘못이다. 피난처에서 다시 피난을 가는 기분이 좋진 않다.

◇ 걷기만으로 티끌 모아 태산을
이루겠다는 야망

일 년 가까이 산책과 러닝의 중간쯤에 있는 활동을 나름대로 규칙적으로 하고 있다. 집에만 있는 나로서는 이게 바람도 쐬고 일상의 풍경에서 살짝 벗어나기도 하고 팟캐스트도 들으면서 굳어 가는 몸을 펴는 재활 치료 같은 활동인데, 요즘 들어서는 어쩐지 남들이 사무실과 현장에서 피땀 흘려 돈 벌고 있을 때 바람이나 쐬는 게 맞나 싶은 죄책감이 들기 시작했다. 물론 출퇴근 시간이 없으니까 시간적으로 손해를 보고 있는 것은 아니지만 변해 가는 계절의 풍경 속을 걷자면 아무래도 시간의 효능감이 떨어지는 것은 어쩔 수 없는 모양이다.

저번 주에는 모 카드사에서 만보기 앱을 연동해

서 도전에 성공하면 포인트를 준다는 식의 광고가 날아왔다. 그걸 보니 걸음 수로 한 푼이라도 받는 것은 나름대로 합리적인 일처럼 느껴졌다. 걷기야 어차피 의무처럼 하고 있으니 재미삼아 돈벌이도 하면 나름대로 더 보람이 생길 것 같았다.

내친 김에 서브폰을 동원해서 걸음 수로 보상을 주는 앱을 일곱 가지 정도 설치하고 생활하기 시작했다. 평소에는 메인폰으로 세 개 정도만 쓰고, 좀 오래 걷겠다 싶을 때는 서브폰을 챙겨서 걸으면서 돈을 쓸어담을 심산이었다. 앱 하나가 보통 100걸음에 1원을 줄까 말까니까 돈이라기보다는 티끌을 쓸어담는다고 말하는 게 적당하겠지만, OTT 구독료의 일부나 과자값 정도는 보충할 수 있을 테니까.

그런데 일단 시작하고 보니 이게 여간 귀찮은 게 아니었다. 메인폰을 갖고 다니는 건 그렇다치더라도 운동할 때까지 서브폰을 챙기는 게 정말 성가셨다. 좀 뛰는 시늉이라도 하려면 짐이 가벼워야 들썩거리는 부분이 없고 가뿐한데, 200그램쯤 되는 추를 두 개나 갖고 다니니 영 걸리적거렸다. 하나까진 몸에 밀착되는 가방으로 해결이 되겠는데, 두 개부터는 방법이 없다. 찾으면 적당한 장비가 있겠지만 애초에 티끌 같은 돈 좀 긁어모아 보겠다고 하는 짓을 위해 돈을 쓴다는 건 말이 되지 않는 일이니, 대충 아무 가방이나 꼭 쥐고 다니는 수밖에 없었다.

거기에 산책의 순수성이 흐려졌다는 것도 그리 내키지 않는 변화였다. '산책의 순수성'이라는 게 있는 줄도 몰랐는데, 느껴 보니 이것도 제법 중요했다. 산책이란 원래 그냥 걷는 것이 목적이고, 목적지 같은 것은 부차적인 요소에 불과하다. 그런데 거기에 푼돈이라도 돈벌이가 끼어드니 그저 걷기 위해 걷는 행위가 아니게 된 것이다. '슬슬 그만 걷고 돌아갈까' 하는 생각까지 목표치에 의해 좌우되는 것은 물론이고, 심하면 어딜 갈 것인지도 앱이 주는 보상에 따라 달라지곤 했다. 어떤 앱에서는 가까운 지역 몇 곳을 지정해서 갈 때마다 20원쯤을 주기도 하고 제휴 업체의 쿠폰을 줘서 이용을 유도하기도 하는데, 이게 특히 산책을 돈벌이로 만드는 느낌이 강하다. 한번은 20원을 받자고 뒷산 꼭대기까지 갔다가, 화장품 샘플을 준다는 소리에 수백 미터 떨어진 지하철역 앞까지 간 적이 있는데, 도착했더니 다 떨어졌대서 허탕이 되고 말았다. 그냥 운동이었다면 보람찼을 걸음이 헛걸음이 된 것이다. 과히 기분 좋은 일은 아니었다. 거꾸로 이런 헛짓거리를 하지 않을 수 있다면 2천 원도 쓸 수 있겠다 싶기도 했다.

그런 회의감 속에 일주일 정도 걸어서 푼돈 모으

기를 시도해 봤는데, 어제 좀 많이 걸은 뒤 총정리를 해 보고 걷기 앱 대부분을 지웠다. 안드로이드의 영세 걷기 앱은 대부분 자기네 잠금화면을 설정하라고 요구하는데, 여러 앱을 사용하면서 우선 순위 문제가 발생한 것인지, 시스템 전력 관리 문제 때문인지 실제 걸음 수와 엇비슷하게 측정해 준 앱이 하나밖에 없었던 탓이다. 7천 걸음 넘게 걸었는데 1천 걸음이나 기록될까 말까였으니 화가 나지 않을 수가 없다. 월급으로 모래가 잔뜩 섞인 쌀을 받은 기분이다. 함께해서 더러웠고 다신 만나지 말자.

그리하여 지금은 몇 가지 앱만 남았는데, 거슬리는 부분이 없는 앱은 걸음 수로 순수하게 기부만 하는 빅워크뿐이다. 나머지는 행동을 강제당하는 느낌을 주기도 하고, 스마트폰의 리소스를 너무 소모하는 것 같기도 하다. 충전에 드는 전기료가 걱정스러울 정도다. 게다가 수시로 앱을 열어서 포인트를 받는 작업도 몇 개씩 하자면 이 시간에 책 한 장을 더 보는 게 낫지 않을까 하는 생각도 든다.

순수한 나의 생활, 나의 시간에는 얼마를 매길 수 있을까. 이런 생각이 지속되면 언젠가 이 앱들을 전부 없애 버리겠지. 걷기만으로 하루에 200원씩 벌어서 고정 지출의 심리적 부담을 줄여 보겠다는 야망은 아무래도 갖지 않는 게 나은 것 같다. 무료 명상 앱에 요란한 광고를 때려 넣을 수 없는 것처럼, 어떤 걷기는 그냥 걷기로 남겨야 한다.

◇　신 포도가 아닐 수 있으니
　　유행은 따라가 볼 것

나는 유행을 별로 좋아하지 않는 경향이 있다. 삐딱선
이라고 해야 할지 청개구리 기질이라고 해야 할지 모
르겠는데, 주변에서 뭐가 크게 유행하면 대상에 대한
흥미가 떨어지고, 오히려 대상을 낮잡아 보게 되곤 한
다. 예를 들어 나는 〈해리 포터〉가 영화로 유행할 때
도 별로 좋아하지 않았고 유치하다는 생각까지 하면
서 시청을 거부했는데, 돌이켜 생각해 보면《반지의 제
왕》으로부터 명맥이 이어진 '고전 판타지' 계열만을
'진짜'라고 여겼던 나로서는 분명 할 만한 생각이긴 했
다. 다만 지금에 와서는 남들 볼 때 봤으면 좋지 않았을
까 싶은 것도 사실이다. 남들과 추억을 공유하지 못할
때의 소외감이 상당히 쓸쓸한 탓이다.

그건 그렇고 왜 그런 청개구리 기질이 생겨서 '저 포도는 실 거야', '신 포도나 먹다니, 뭘 모르는군' 같은 생각을 자주 하게 된 것일까? 나름대로 가설을 세워 보자면 어릴 때 지나치게 많은 소유욕을 품었던 것에 비해 충족된 부분이 적었던 탓일 듯하다. 특히 다마고치 따위 장난감을 사고 싶어도 사지 못하는 경우가 왕왕 있었는데, 그때마다 열등감 같은 부정적인 심리로부터 나를 보호하기 위해서 자기도 모르게 '신 포도'식의 합리화를 했고, 그게 습관적 사고방식으로 자리잡아 남들이 다 좋다고 하는 것에 반기를 드는 청개구리가 되고 만 게 아닐까? 남들이 즐기는 것을 나도 서슴없이 즐길 만한 여유가 있으면 가벼운 마음으로 맛을 보면 된다. 그런데 돈은 예나 지금이나 한결같이 없고, 심지어 지금은 시간조차 없으니 내가 동참해서 즐길 수 없는 것을 폄하함으로써 자신을 지키게 되었다는 게 나의 가설이다. 잘 생각해 보면 주변을 돌아봐도 이런 신 포도식 사고방식이나 언어 습관을 가진 사람 중에 '시도할 여유'가 넘쳐흐르는 사람은 없었던 것 같다. 요컨대 여유가 없으면 대범함과 포용성도 잃기 쉽다는 말이다. 슬프게도.

요즘은 이 신 포도식 사고방식이 별로 합리적인 방어

기제가 아니라는 생각을 하게 되기도 했고, 남들 다 본다는 것을 보지 않으면 이래저래 손해라는 느낌을 받기도 해서 유행하는 영화나 드라마는 가급적 따라가려고 노력하고 있다. 남들이 종종 〈해리 포터〉 얘기를 하면서 즐거워할 때 아무 감동도 없이 멍하니 주변인으로 남아 있는 게 지겹고 쓸쓸해서 〈해리 포터〉도 영화로 모조리 보았고, 〈이상한 변호사 우영우〉도 화제가 될 때 챙겨 보았다. 말이나 글로 영화평을 하는 사람들은 누구나 극찬을 하는 〈헤어질 결심〉도 보았다.

그런저런 유행을 따라잡는 시도를 하면서 느낀 점은, '유행할 만한 것이 유행한다.'는 것이다. 별 이유도 없이 부당하게 유행하는 콘텐츠는 없고, 유행 중이라면 무엇이 되었든간에 콘텐츠를 만드는 사람으로서 배울 점이 있어서 언젠가는 도움이 되기 마련이다. 나는 〈이상한 변호사 우영우〉를 처음 봤을 때 '자폐인이 나오니까 틀림없이 감동과 신파로 점철된 내용이겠군.' 하고 감정 소모를 피하려 시청을 포기했다가, 좀 참기로 각오하고 계속 봤더니 대체로 경쾌하면서도 쓸쓸한 맛을 잘 섞어 놓은 법정 로맨스 드라마였다. 이런 것이라면 그냥 즐기기도 좋고, 잘 소화해서 뭔가를 배우기도 좋다. 보지 않는다고 해서 영원히 소외당하거나 금전적 손해를 입게 되는 건 아니지만, 자진해서 볼 가치가 충분하다. 최소한 주변 사람들과 잡담을 나눌 거리는 될 테고.

여담으로 〈헤어질 결심〉 역시 무슨 장르인 줄도 모르고 아무 기대 없이 보았는데, 내가 애정하는 '저 여자가 남편을 죽인 것 같은데 이상하게 끌린다.'류의 세련된 변주였다. 스토리가 좋은 것은 물론이고 박찬욱 감독의 작품답게 무척 아름다워서 보는 내내 감탄하고 영화관에서 보지 않은 것을 후회했다. VOD로 본 덕에 중요한 부분을 돌려본다는 장점은 있었지만, 압도적인 영상미를 자랑하는 작품은 역시 스크린에 몰입해서 볼 필요가 있다. 생각해 보니 일정 기간만 영화관에서 상영하는 영화야말로 유행의 아이콘 같은 게 아닌가 싶기도 하다.

덕분에 유행하는 건 유행할 때 즐기는 편이 좋다는 생각을 새삼스레 하게 되었다. 내가 본 것이 나를 이루는 만큼 남들과 다른 것을 즐김으로써 더 특별하고 훌륭한 존재가 되려는 시도도 아름다운 일이긴 하지만, 요즘 세상은 남들과 다르고 훌륭한 뭔가를 찾으려다 방황한 끝에 유튜브의 광대한 함정에 걸려 시간을 잃어버릴 확률이 너무 높다. 그러니 대체로 남들을 따라다니다 종종 한눈을 파는 게 콘텐츠 소비의 왕도가 아닐까?

◇　맛있는 것 찾아 먹기를
　　더 열심히 할 걸 그랬어

오랜만의 가족 외식이었다. 내가 단편 〈자애의 빛〉으
로 참여한 신간 《내 몸을 임대합니다》가 출간되어 축
하차 맛있는 것을 먹으러 간 것인데, 식성과 취향이 각
기 다른 우리 가족이 뭘 먹으러 나가면 늘 그렇듯이
100퍼센트 만족할 수 있는 식사는 아니었다.

　　일단 뭘 먹을지 정하는 과정부터가 언제나처럼
시원치 않았다. 나는 기본적으로 머릿속에 뭘 먹고 싶
다는 욕구도 계획도 없는 사람이라 먹고 싶은 게 있냐
는 질문에 확고한 답을 내놓지 못하기 일쑤인데, 이번
에는 어쩐지 닭갈비가 떠올랐다. 분명 유튜브에서 누
가 맛있게 먹는 영상을 봤기 때문일 것이다. 그래서 닭
갈비를 주장했으나…… 형의 반대 의견에 부딪혀 기

각되었다. 하기야 예비 형수까지 같이 먹는 자리인데 닭갈비는 너무 경제적인 메뉴인 듯싶기도 했다. 밀키트 따위로 집에서 먹기에도 어렵지 않은 편이고.

변경된 메뉴는 소고기였다. 확실히 비싸고 맛있고, 뭘 기념하여 외식으로 먹기에 부끄러움이 없는 메뉴다. 딱히 불만은 없었다. 그런데 아뿔싸, 차를 타고 이동하면서 보니 원래 가려던 집이 망해서 없어진 게 아닌가. 별수 없이 근처에서 적당한 '한우' 전문점을 찾아서 들어갔다. 깔끔하고 인테리어도 멋지고, 겉보기엔 아무 손색도 없는 가게였다. 방처럼 나눠 놓은 공간에 자리잡고 메뉴판을 보기 전까진 그랬다.

메뉴판을 보고 우리 가족이 느낀 문제점은 두 가지였다. 첫째는 당초에 계획한 것과 달리 돼지고기를 팔지 않는다는 점. 둘째는 고기의 양이 적고 값이 비싸다는 점. 아마 나 혼자였다면 가게를 잘못 찾았다는 등 적당한 핑계를 떠올려서 탈출했을 것이다. 점원이 욕을 할 것도 아니고 욕을 좀 먹으면 또 어떤가. 그러나 체면 있는 어른들은 그런 선택지를 고를 수 없었다. 게다가 우리는 오랜만에 가족이 다 모여 있었고, 심지어 아직은 남의 식구인 손님이 와 있는 상태였다.

그렇게 잃어버린 선택지의 함정 속에서 먹은 한우는 더할 나위 없이 맛있었다. 그야말로 살살 녹는 맛이었던 것으로 기억한다. 다만 맛의 인상이 그렇게까지 또렷하게 남지는 않았는데, 일단 내가 무엇을 먹고 무슨 맛이라고 또렷하게 잘 기억하는 재주가 없기 때문이다. 게다가 점원이 옆에서 고기를 구워 주기까지 해서 맛에 대해 터놓고 얘기하기 힘든 상황이었고, 기념으로 밥을 사야 하는 처지이면서 비싼 밥을 얻어먹는다는 죄책감도 있었으며, 흠을 보여서 딱히 좋을 게 없는 상대 앞에 앉아 소설과 돈과 소설가의 삶에 대한 이야기를 주고받느라 정신적으로 피고인석에 앉은 듯한 기분이 들었던 탓도 있다. 그 와중에 집에 돌아가서 쓰다 만 공모전용 원고를 마저 쓸 생각을 하면서도 축배를 들어야 했으니…….

생각해 보건대, 자리가 아무 부담 없이 편안하기 짝이 없는 것이었다 할지라도 나는 한우를 배불리 먹는 행위에 다소 고통을 느꼈으리라. 나는 식생활을 통해 얻는 즐거움에 그렇게까지 높은 가치를 부여하지 않는다. 사람이 쓸 돈이 충분치 않으면 형체가 남지 않는 경험에 돈을 쓰지 못하게 된다는데, 내가 식생활에 낮은 점수를 주는 것도 같은 맥락일 것이다. 성장 환경도 당연히 큰 영향을 주긴 했겠지만, 내가 만약 맛집을 즐겨 찾아다니는 가족들과 살았다면 달랐을까 생각해 봐도 답은 회의적이다. 기똥차게 맛있는 음식을 먹겠다고 먼 길을 찾아가서 아낌없이 돈을 쓰며 행복을 느끼는 내 모습은 도저히 상상이 가지 않는다. 식사는 적당히 맛있는 음식을 적당한 가격에 즐기는 게 제일이다.

그런데 요즘 들어선 그런 가치관이 부끄럽다는 생각이 들기 시작했다. 주변 친구들이 나이도 먹고 돈도 잘 벌게 되면서 기회가 될 때마다 진귀한 음식을 먹어 보려는 경향이 강해진 탓이다. 그러다 보니 슬슬 그들이 무슨 외국 음식 얘기를 꺼내도 십중팔구는 들어본 적도 없어 그게 뭐냐고 되물어야 할 지경이고, 어찌저찌 같이 먹어도 금전적으로나 취향적으로나 만족하지 못하는 경우가 는 것 같다. 도서관에 다니며 원고 작업을 하다 힘들 때마다 순대국밥을 먹으러 가서 그런가, 그 돈 주고 차라리 뜨끈한 국밥을…… 같은 생각이 종종 드는 것을 보면 나도 고전적인 입맛과 방어적인 취향으로 굳어 가는구나 싶다.

얼마 전에는 나이 든 사람이 진짜 멋있을 때가 맛집을 착착 알려 줄 때라는 얘기를 듣고 과연 그렇다고 생각한 적이 있다. 거지 같은 개똥철학보다는 실제로 체험해 본 맛집 리스트가 실생활에 훨씬 더 도움이 된다는 것이다. 그런데 그에 따르면 나는 너무나도 멋대가리 없는 존재라는 결론이 나온다. 식생활을 경시하니 도통 아는 맛집이 없다. 어느 정도인가 하면, 저번 주에는 후배가 동네에 놀러왔는데 갈 만한 음식점이 없어서 버거킹에 갔다. 인근에 사는 다른 후배도 대안을 제시하지 못했으니 이 지역 자체에도 문제가 있는 셈이지만, 아무리 그래도 돌이켜 보면 욕을 먹을 만한 손님 접대였다. 후배님, 미안합니다.

사실 사람이 꼭 맛집을 꿰고 살아야만 훌륭해지는 것도 아니고, 훌륭해져야만 인간관계가 성립하거나 살 자격이 주어지는 것은 아니다. 살아오면서 갖게된 취향과 개성이 어떤 국면에선 빛을 발하기도 하고 다른 국면에선 그렇지 못할 때도 있는 법이다. 나도 머리로는 알고 있다. 그럼에도 잘 챙겨 먹는 즐거움을 익혀 두지 못한 것을 아쉽고 부끄럽게 여기는 것은, 첫째가 좀 그럴듯한 인간이고 싶다는 인정 욕구 때문이고, 둘째가 함께 식사할 상황에서 선택지 마련을 항상 남에게 맡기는 게 결코 바람직하지 않은 무임승차처럼 느껴지기 때문이다. 내가 남을 보고 느끼기로도 "난 아무거나."라는 말이 선택에 도움이 된 기억이 거의 없고, 그런 소리가 특별히 고와 보인 적도 별로 없었다. 내가 속한 집단이 뭘 고민하면 그 고민에 한 발이라도 걸치는 게 사람의 도리다. 그런데 나는 오래도록 먹는 일에 큰 관심이 없다는 이유로, 잘 모른다는 이유로 그 도리를 저버리고 살았다는 후회가 느껴지기 시작했다.

그래서 이제 맛집 정보가 보이면 스크랩도 좀 해 놓으면서 살고자 하는데, 검증되지도 않았고 쓰일 일이 있을지 없을지도 모르는 데이터를 그렇게 쌓아 두 노라면 받을 사람도 없는 선물을 사 두는 것 같은 허망감이 들기도 한다. 식도락을 즐기는 사람들은 이런 버 킷리스트를 쌓아 두면서 신나는 내일을 떠올리겠지? 그걸 생각하면 역시 취향은 재능이구나 싶다.

◇   인형에게 나를 부탁하며

아주 가끔 숲을 걷거나 탁 트인 하늘을 보고 싶어지면 근처의 동산에 올라간다. 아파트 단지 안을 뛰는 것보다 운동이 더 되는 것 같진 않지만, 그래도 산에 오르는 행위가 주는 상쾌함과 보람, 달성감이 적지 않아서 썩 즐겁다.

동산의 정상에는 한강 경관을 조망할 수 있는 정자가 있고, 정자에서 약간 내려오면 거대한 인조잔디 운동장과 우레탄 트랙과 운동 기구 따위가 즐비한데 며칠 전에는 코로나 확산 상황이 좋지 않아서 정자를 비롯한 시설 몇 개가 폐쇄되었다. 그리하여 평소라면 분산되었을 사람들이 모조리 운동장에 모였고, 과장을 섞자면 공기 반 사람 반인 지경이 되고 말았다. 길이 100

미터인 운동장 안에서 대여섯 팀이 공놀이를 하고 있고, 그 주변으로는 수십 명이 열심히 걷거나 뛰는 상황. 다행히도 불만스러워하는 사람은 보이지 않았지만, 과연 야외가 안전하긴 한 것인가 하는 생각도 들었다.

운동하러 나선 사람답게 나도 열심히 운동장 둘레를 걷기 시작했는데, 그때 이상할 정도로 선명히 눈에 들어오는 광경이 있었다. 개를 산책시키러 온 사람들 중에서 원반 던지기를 하는 사람이었다. 아니, 정확히는 그 사람이 던진 원반을 물고 뛰는 개였다.

견종은 잘 모르겠으나, 언뜻 포메라니안처럼 작고 털이 북실북실해서 솜뭉치처럼 귀여운 녀석이었다. 바람이 불면 통통 튀어 갈 것처럼 가볍고 발랄해 보이는 강아지. 그 강아지는 원반을 물고 주인을 향해 아주 열심히 뛰어가고 있었는데, 표정에는 그 어떤 근심이나 슬픔 같은 부정적 감정도 없어서, 오로지 행복만을 빚어 만든 것처럼 보였다. 빛으로 이루어진 개라고 해도 과언이 아니었다.

우습게도 나는 그 순간 개가 하염없이 부러웠다. '넌 근심 걱정이 없어서 좋겠구나.' 하는 생각보다 더 원초적으로, 그 완전무결한 기쁨으로 충만한 강아지가 부러웠고, 아름다워 보였고, 눈물까지 날 뻔했다. 이 눈물도 '개만도 못한 내 신세……' 같은 생각을 거친 게 아니라, 저절로 스미는 감동에 가까운 것이었다. '말 뒤 페이(Mal du Pays)'라고 '전원 풍경이 불러일으키는 영문 모를 슬픔'을 가리키는 프랑스어가 있다던데, 이 순간의 감정도 그런 게 아니었을까? 아무튼 원반을 물고 잔디밭을 달리던 강아지의 모습은 뇌리 깊은 곳에 새겨져서 지금도 생생하다. 고양이를 선호하는 나에게도 그 광경은 행복이란 무엇인가 하는 질문에 대한 대답처럼 기억된 것이다.

그리고 지난 주말, 친구 집에서 보드게임 모임을 하던 나는 우연한 기회에 인형을 품에 안고 놀게 되었다. 어쩐지 날씨도 좀 묘하게 으슬으슬한 것 같고 마음도 구멍이 뚫린 것처럼 허전하기에 구석에 놓인 인형을 하나 달라고 해서 품에 안게 된 것인데, 보편적인 동물 형체를 가진 인형을 그렇게 오래 안고 지낸 것은 평생 처음이었다. 그리고 인형을 안고 있는 행위가 그렇게 마음에 위안을 준다는 것도 처음 알았다. 인형이 근본적인 해결이나 치유를 제시하진 않지만(제시해 주면 그건 공포영화고), 말랑말랑하고 부드러운 형체를 안고 쓰다듬자면 인형이 네덜란드의 댐 지키는 소년처럼 마음의 구멍을 그럭저럭 막아 주는 정도는 해 주는 듯 느껴졌던 것이다.

인형이 마음에 좋다는 것을 지금까지 왜 전혀 몰랐고, 상상조차 못했을까? 그건 집안의 공교로운 내력때문이라 할 수 있다. 남자 셋 여자 한 명인 가정인데다근검절약을 영혼의 중심 교리처럼 여기는 가풍 때문에 안기 좋은 크기의 인형이라고 할 만한 물건이 들어올 여지가 전혀 없었던 탓이다. 심지어 인형뽑기도 하지 않았고 인형만은 아무도 주워 오지 않았으며 선물조차 들어오지 않았으니, '인-형'이란 마치 이종족의습속처럼 취급될 수밖에 없었다. 한 나라 안에서도 어떤 집에선 너무나 당연한 문화가 다른 집에선 언어도단처럼 여겨질 수도 있는 것이다.

그리하여 남의 인형과 이별하고 돌아온 나는 나에게 적당한 크기의 시바견 인형을 선물했다. 친구에게 농담처럼 인형을 달라고도 해 봤지만 받지는 못했다. 인형이란 가까이 두고 품에 안고 아낄 수 있는 물건이라 쉽게 주고받을 물건이 아닌 탓이었다. 그동안 살다 보면 누군가에게서 인형을 받을 날도 있겠지, 라고막연한 기대를 품기도 했는데, 결국 그 상대란 다름 아닌 자신이 되고 말았다. 아무렴 어떠랴. 나를 내가 챙기는 것은 지혜로운 일이다.

그렇게 들인 인형은 제 역할을 잘해 주고 있다. 침대에 그냥 던져 놓기도 귀엽고, 안고 있자면 마음이 안온해진다. 예전에 주워들은 과학 실험 중에 '아기 침팬지들을 놀라게 하면 젖이 나오는 철골 어미 인형과 젖이 안 나오는 헝겊 어미 인형 중 어느 쪽으로 갈 것인가?'가 있었는데, 결과는 쉽게 예상할 수 있듯이 '헝겊 인형 쪽으로 간다.'였다. 요컨대 이성적으로 생각해 보면 솜을 채우고 모양을 낸 천쪼가리에 불과한 물체라도 모종의 치유를 안겨 주게 되어 있고, 그런 허구적 치유를 느끼는 것은 본능적인 차원이라는 뜻이다.

그러니까 나는 개도 고양이도 없어도 괜찮다. 소설 속의 어떤 체험을 읽으면서 활성화되는 뇌 부위와 실제로 그런 체험을 하면서 활성화되는 뇌 부위가 같다는 연구 결과처럼, 내가 초원을 달리는 개를 보고 느낀 감동과 인형을 안고 느끼는 감동은 크게 다르지 않을 것이다. 그러니 자신을 포함해서 살아 움직이는 동물을 감당하기 벅찬 형편에 있는 사람들은 이렇게 역사와 전통이 있는 허구적 기쁨으로 뇌를 재주 좋게 자극하며 감정을 꾸리는 것을 또 하나의 재미로 누려 볼 만하지 않을까. 아마 기술이 발달하면 사람마다 스마트 인형이나 반려 로봇을 안고 사는 것도 당연한 풍경으로 받아들여지겠지. 이미 갖고 있던 인형을 스마트화하는 방법도 보급될 것이다. 그때까지 나의 인형에게 나의 정서를 잘 부탁한다.

◇   몰려오는 아픔이 나를 괴롭힐 때

작년인가 뒤통수 세 곳에 화농성 여드름이 생겼다. 뒤통수에 여드름이 나는 건 상당히 드문 일이지만 아주 없는 일도 아니라 대수롭지 않게 넘겼는데, 이것들을 짜내고 난 뒤로 상처가 크게 난 탓인지 작은 딱지가 앉았다. 여기부터가 문제였다. 원래 왼손을 가만두지 못하고 여기저기 잡아뜯는 버릇이 있어서 이 딱지들도 아물 만하면 긁어서 뜯는 게 습관으로 자리잡고 말았다.

상처에 약을 바르고, 긁는 걸 참고 버티다 나도 모르게 긁어서 또 뜯고 다시 참고…… 이런 식으로 2.1보 전진 2보 후퇴 같은 상황이 1년 이상 반복되었더니, 어느 날 어머니가 내 뒤통수를 보고 빨갛게 된 상처 부분에 머리카락이 없다며, 그러다 탈모가 되겠다고 당장 피부과에 가라고 했다. 내가 긁어서 그렇지 놔두면 나을 텐데……라는 생각은 했지만, 사진으로 찍어서 보니 확실히 걱정스럽긴 했다. 상처가 오래도록 자리 잡은 동안 모공에 문제가 생길 수도 있을 법했다. 그리고 머리카락 한 올이 얼마나 귀중한 것인지 주변을 보면서 점점 깊이 느끼는 중인 데다가, 이뤄 놓은 것도 가진 것도 한줌밖에 안 되는 마당에 머리카락까지 잃어선 안 되겠다 싶어서 결국 피부과에 갔다.

어머니가 몇 번 가 보셨다는 피부과는 아주 작은 동네 병원으로, 갈색 계통으로 꾸며진 정사각형의 대기실에 접수처와 진료실, 치료실 둘이 딸린 곳이었다. 누추하진 않지만 일부러 꾸며낸 듯이 검박한 병원이라 영화 〈매트릭스〉에 모든 진실을 아는 현자가 은거한 곳으로 나올 법한 느낌이었다.

잠시 기다리다 이름이 불려 진료실에 들어가니 나이가 지긋한 원장님은 확대경으로 뒤통수를 보곤 3초 만에 '지루성 두피염'이라는 진단을 했다. 체질이나 머리를 잘 말리지 않는 습관 등으로 생기는 것이니 지속적으로 약을 먹고 바르라는 처방을 받아 병원을 나섰다. 심각한 병은 아니라 다행이라는 생각이 드는 한편, 살던 대로 문제 없이 살았는데 어쩌다 이렇게 되었나 싶었다. 살던 대로 살기만 하는 게 아니라 종종 자기 상태를 돌아보며 생활 습관도 조정해야 하는 것인데, 그런 점검을 너무 생각도 않고 살았던 모양이다.

이후로 먹는 약도 챙겨 먹고 바르는 약도 바르고 전용 샴푸도 쓰면서 2주쯤 지나자 가려움도 거의 사라지고 상처도 많이 아물었다. 빨리 낫지 않으면 돈이 또 나간다는 생각이 습관을 억눌러 준 것인지 머리를 긁는 버릇도 대체로 사라졌으니, 병원을 좀 일찍 갈 걸 그랬나 싶다.

그런데 그렇게 두피염을 치료하며 지내던 하루는 오른쪽 어깨가 영 편치 않은 느낌이 들었다. 힘을 쓰면 가벼운 통증이 느껴지고 이물감이 사라지지 않았다. 6월에 회전근개 문제로 치료를 받고 많이 나아져서 산책할 때 팔 운동을 했더니 문제가 도진 것이다. 이대로 지내 봐야 나아질 게 하나 없다는 사실을 이미 체험했기에 곧바로 병원을 찾았다.

새로 만든 건물에서 말끔한 병원을 운영하는 인상 좋은 원장님은 초음파 검사기로 어깨 안을 비춰 보더니 아직 염증이 남아 있으니 운동은 아주 살살 하라며 주사를 세 방 놓아 주었다. 이번에도 초음파 화면을 보면서 영화 속의 생체 실험 장면처럼 주사를 맞았는데, 상당히 고통스러웠다. 지금까지 맞아 본 주사 중에서 가장 묵직한 주사였다. 심지어 세 번이나 그 맛을 연

달아 보고 나니, 팔 운동은 다신 하지 말아야겠다는 생
각이 들었다. 나는 운동 중의 운동을 팔굽혀펴기라고
생각하고 선호했는데, 이제 내 몸에 꼭 맞는 다른 운동
을 찾아야 할 모양이다. 깊이 생각하지 않아도 너무나
당연한 일이다. 하지만 두피에 얽힌 생활 습관을 바꾸
는 일과 달리, 주요한 근력을 유지해 주는 운동을 제대
로 할 수 없게 되어 다른 운동을 찾아야 하는 이 상황은
이상할 정도로 서글픈 느낌이 들었다. 아마 나의 자존
감을 유지해 주는 몇 안 되는 기둥 중에 하나가 '그나
마 상체는 운동 좀 한 것처럼 보인다'는 것이었기 때문
이리라.

　그런데 그로부터 일주일 후, 아침에 습관대로 손
가락을 우둑우둑 꺾다가 검지에 심한 통증을 느꼈다.
움직일 때마다 손가락이 아프고 조금씩 붓는 것을 보
니 염좌인 모양이었다. 아니, 평소대로 했을 뿐인데 왜
손가락이 삔단 말인가? 스스로 생각하기에도 어처구
니가 없었지만 다시 병원을 찾을 수밖에 없었다. 키보
드를 두드리는 것 말고 아무 재주도 없는 사람에게 손
가락은 소중하니까.

　원장님에게 민망해하면서 사정을 설명하니 그는
이번에도 초음파로 손가락을 보곤 심하진 않다며 약
을 처방해 줬다. 너무나 당연한 일이라 그런지 손가락

꺾지 말라는 조언조차 하지 않았다. 다만 검지의 손톱 밑 부분이 두툼한 게 원래 그랬냐고 묻긴 했는데, 그건 마침 나도 신경 쓰이던 곳이었다. 평범하게 매끈했던 손가락이 좀 변한 것이다. 하지만 단순히 염좌의 영향인가 싶어 넘어가기로 했다.

그런데 이틀쯤 지나자 손톱 밑쪽이 명백히 곪기 시작했다. 이건 또 무슨 변고란 말인가? 염좌로 이런 일이 있을 수 있나 싶어 자세히 살펴 보니, 작은 상처가 나 있었다. 그제야 며칠 전에 뭘 고치다가 커터칼로 베인 것을 떠올렸다. 피도 나지 않을 정도로 경미한 상처였던 데다가 손을 베는 게 하루이틀 일도 아니라 알코올로 가볍게 소독하고 넘어갔는데 칼이 너무 더러웠던 모양이다. 이런 경험은 또 처음이었다.

그리하여 검지에 약을 바르고 반창고를 붙이고 손가락을 조심하면서 머리에 약도 바르고 먹는 약도 먹고 지내길 또 일주일. 손가락도 어깨도 거의 나았는데, 이번에는 겨드랑이에 땀띠가 나서 사라지지 않았다. 10월에 무슨 땀띠란 말인가? 그래서 땀띠약을 바르면서 이틀 쯤 보냈는데 땀띠와 가려움은 여전했다. 결국 피부과를 다시 찾아가서 물으니, 이번에도 원장님은 확대경을 들어보곤 곰팡이 따위의 감염이란다. 남자들이 사타구니를 자꾸 긁게 만드는 백선 따위와

별것 아닌 상처가 모이면 사람을 뒤흔들기도 한다.

비슷한 셈이다. 점입가경이다. 허탈해진 나는 내가 더럽게 살거나 뭘 잘못했기 때문이냐 물었는데, 원장님은 아니라며 씻은 뒤 잘 말리라 했다.

나는 예전부터 몸과 마음에 부정적인 변화가 일어났을 때, 나이 때문에 그렇다는 생각을 가급적 하지 않기로 마음먹고 있었다. 그런 생각을 해 봤자 한탄만 늘 뿐 나아질 구석이 하나도 없기 때문이다. 나이가 많아서 일어난 문제라면 나이를 되돌려야 해결할 수 있을 텐데, 세상에 나이를 되돌릴 방법은 없지 않은가. 그런데 사소하지만 다양한 증상이 한꺼번에 몰려오니 이건 역시 나이 탓인가 싶어 의기소침해질 수밖에 없었다. 건강에 이상이 있는 날은 하루하루 늘어나고 삶에 남는 것은 고통밖에 없을 텐데 언제까지고 빈손으로 세월에 저항하다 결국은 떠내려가 익사할 것 같다는 두려움도 느껴졌다.

그러나저러나 괴로워도 슬퍼도 시키는 대로 머리 약도 바르고 겨드랑이 약도 바르고 손가락 약도 바르고 먹을 약도 먹고, 전용 샴푸로 머리를 감고 잘 말리며 시간을 보냈다. 덤으로 비누도 좋다는 것으로 바꾸었다. 내가 특별히 성실하고 말 잘 듣는 희망적인 환자라서 그런 것은 아니고, 그냥 그게 가장 나은 방법이었기 때문이다. 의사의 처방을 받았으니 그게 소용 없다는 증명이라도 되기 전에는 따르는 수밖에 없었다. 그리고 엄밀히 생각하면 특별한 맥락이 없는 자잘한 사건들이 어쩌다 재수 없이 몰려왔을 따름이니 무슨 천사들이 나팔을 불자 바다가 붉어지고 불덩이가 떨어지는 식의 종말적 징후로 여기고 암담해할 일도 아니었다. 인간이 무작위한 일들 사이에서 존재하지 않는 인과관계와 패턴 따위를 찾는 것은 자연스러운 일이지만, 굳이 스스로 감정적 진창으로 향하는 길을 상상할 필요는 없었다.

그렇게 적당히 우울해하며 할 일을 하는 일상을 영위하다 엊그제 다시 피부과에 가니 좋은 소식이 돌아왔다. 많이 나아졌으니 약을 조정하고 다음주에 오라는 것이다. 남의 눈, 전문가의 의견으로 확인을 받자 그래도 뭐가 좀 나아졌다는 게 실감 났다. 가만 보니 머리도 겨드랑이도 별로 가렵지 않고, 안 나면 어쩌나 싶던 머리도 다시 나고 있다. 베인 상처도 고름이 빠지고 표피가 재생되고 있으며, 검지의 부기도 다 빠졌다. 어깨도 한결 가벼워졌다.

생명과 별 상관이 없는 사소한 증상을 갖고 이런 소리를 하자니 민망하긴 하지만, 이번 일로 나는 달갑지 않은 변화에 부딪히더라도 문제에 어찌저찌 대처

하며 살다 보면 어떻게든 나아진다는 사실을 믿어야 한다고 새삼 생각하게 되었다. 반드시 나아진다는 보장도 없고 한탄하지 않는다고 만사가 해결되지도 않지만, 한탄하면서도 나아질 거라고 믿고 할 수 있는 일은 하나씩이라도 해야 변해 가는 삶을 감당할 수 있는 것이리라. 반드시 지금보다 훨씬 나아지겠다거나 웅대한 목표를 이루겠다는 희망을 마음 한구석에 품고 사는 것도 그리 나쁘지야 않겠지만, 실제로 사람을 우울한 망상과 체념의 진창에서 조금씩 끌어내는 것은 하루하루 상처에 약을 바르고 습관에 신경 쓰는 정도의 사소한 일이다. 그게 아니라면 최소한 아플 때 병원이라도 빨리 가는 것이 삶의 질을 높이는 상책 중의 상책임을, 나의 뒤통수와 어깨와 겨드랑이와 손가락을 걸고 말할 수 있다.

조리스 카를 위스망스의 소설 《거꾸로》(1884)에,
어떻게 약간의 창의력과 상상력을 발휘하여
자신의 욕실에서 남태평양에 있는 듯 느낄 수 있는지
아주 아름답게 묘사되어 있다. "욕조의 물에 소금을
넣고, 거기에다 황산나트륨과 염소산마그네슘과
칼륨을 섞는다. 널찍한 창고 안과 1층 전체에서
바닷물과 부두 냄새 물씬 나는 커다란 밧줄 가게에서
특별히 가져온 닻줄 꾸러미와 새끼줄 다발을 꼭꼭
밀폐된 상자 안에서 꺼낸다. 그러고는 가슴 깊이
냄새를 들이마신다……."

—《우아하게 가난해지는 방법》에서, 알렉산더 폰 쇤부르크

◯

수필은 흔히 마음 가는 대로 쓰는 글이라고 배웠는데, 이 글들은 다듬는 데에 제법 손이 많이 갔다. 나는 잡생각이 많고 천성이 우울한 터라 마음 가는 대로 쓰면 이야기가 이리저리 튀기 일쑤고 지면이 암담한 농담과 신세 한탄으로 점철되고 말기에, 다시 읽으면서 너무 흉하다 싶은 것은 쳐내고 이야기가 삶에서 가리키는 방향을 정렬했다. 마음대로 떠드는 것만으로 코미디언이나 강연자가 될 수는 없듯이, 아무렇게나 써대는 것만으로 상품성이 있는 수필을 만들어 낼 수는 없다. 투고용 작업을 하는 동안 또렷이 어떤 고생을 했다고 설명할 길이 없는 고생을 좀 했는데, 그 과정에서 뻔하지만 중요한 것을 배워서 다행이다.

글을 쓰고 고치면서 생각이 좀 변한 부분도 있다. 그동안 물건을 아끼고 고쳐 가며 오래 쓰거나 원하는 바를 저렴한 값으로 달성하는 생활 방식을 멋지거나 훌륭하다고 느끼진 못했다. 아니, 필요한 바에 맞게 생활하면 되는 일이지 대체 무슨 허영이 필요해서 멋을 찾는단 말인가? 나도 그렇게 생각한다. 하지만 자본주의 사회의 미디어에서는 뭔가 필요하면 그때그때 가장 좋은 것을 척척 사서 쓰는 생활이야말로 가장 값지고 꿈 같은 일이고, 어찌저찌 대안을 찾는 생활은 그에 대비되어 마냥 딱하고 안타깝고 벗어나야만 할 상황으로 묘사되기에, 내 마음속에도 자신이 별로 변변치 않게 살고 있다는 그림자가 어느 정도 드리워져 있었다.

그런데 길고 긴 원고 작업이 어느 정도 진행된 이후로 무엇을 어떻게 싸게 사거나 줍거나 고쳤다고 떠들게 되었다. 나름대로 제법 알맞게 사는데 남이야 뭐라 하건 어떠랴 싶게 된 것이다. 같은 현상을 두고 기왕이면 밝은 쪽을 비추려고 스스로 말을 윤색한 탓도 있을 테고, 전세계적 재난으로 환경과 소비 생활에 대한 사회적 인식이 바뀐 탓도 있으리라. 어느 쪽이건 긍정적으로 생각한다. 수필집을 집어든 사람이 책 속에서 구하는 것은 대체로 공감일 테니, 나와 비슷한 생활

방식을 택한 이에게도 이러한 변화가 있을 수 있지 않을까.

물론 이 책이 사회의 인식을 바꾸겠다고 쓴 글도 아니고, 작정한다 해서 그런 일이 가능하리라 확신할 정도로 내가 오만하지도 않다. 이 책은 단순한 하소연과 넋두리에 가깝다고 해야 할 것이다. 그러나 그림자를 품고 어찌저찌 우스꽝스럽게 살아가는 사람이 또 있다는 사실이 최소한 읽는 이의 마음을 다소 가볍게 해 주는 효과는 있으리라고 믿는다.

HB1021

아끼는 날들의 기쁨과 슬픔

The pleasures and sorrows of life of no spending

이건해 지음

◇

1판 1쇄 2023년 5월 10일

조용범, 김정옥 편집

김민정 디자인

은작가 그림

황은진 마케팅

한승지류유통, 정민문화사 제작

에이치비*프레스

(도서출판 어떤책)

서울시 서대문구 성산로

253-4 402호

전화 02-333-1395

팩스 02-6442-1395

hbpress.editor@gmail.com

hbpress.kr

ISBN 979-11-90314-24-4

◇

본 도서는 카카오임팩트의 출간 지원금을 받아 만들어졌습니다.